천년의 시 0150

# 반란

**천년의시 0150**

반란

**1판 1쇄 펴낸날** 2023년 11월 13일
**지은이** 이하
**펴낸이** 이재무
**기획위원** 김춘식, 유성호, 이형권, 임지연, 홍용희
**책임편집** 박예솔
**편집디자인** 민성돈, 김지웅, 정영아
**펴낸곳** (주)천년의시작
**등록번호** 제301-2012-033호
**등록일자** 2006년 1월 10일
**주소** (03132) 서울시 종로구 삼일대로32길 36 운현신화타워 502호
**전화** 02-723-8668
**팩스** 02-723-8630
**블로그** blog.naver.com/poemsijak
**이메일** poemsijak@hanmail.net

이하ⓒ, 2023, printed in Seoul, Korea

ISBN 978-89-6021-743-0
      978-89-6021-105-6 04810(세트)

**값** 11,000원

# 반란

이 하  시 집

천년의시작

## 시인의 말

그리움은 유정한
상처의 말이다

우묵하고 눅진한 자리마다
녹지 않은 내 허물뿐이다

노을의 여홍餘紅처럼
요원한 여정에 들었다

시인의 거처는
영혼에 닿아 있어야 한다
그렇다 믿는다

2023년 늦가을
이하

# 차 례

시인의 말


## 제1부

제2부

## 제3부

## 제4부

제1부

# 추신追伸

음성 메시지는 식어 있다

**한 개의 메시지가 남았습니다!**

"벌써 4시가 다 되었군"
"잘 지내고 있나 하고, 전화했어"
"지금은 저무는 노을의 해협을 건너가고 있어"
"당신이 선 자리에서 내게 미친 듯 손 흔드는 시간이지?"
"절벽 가까이에 가진 마! 바람에 날아갈 수 있어!"
"평소처럼 곧 집에 도착할 거야"
"이따 봐, 내 사랑!"

검푸른 파도의 벼랑에 선
두 여인은

저무는 바다의
고요로 떠난
마지막 전언을
듣고 있다

# 기억의 무게

빈집에는 이름을 얻지 못한 풀들 지천이다

문을 열사 낯선 바람이 함께 들이섰다

내숲에 불딘 바람은 낯선 이웃처럼 지나가고, 허물을 남겨 두고 떠난 그녀의 집. 세월을 쌓아 온 서랍을 훔치듯 열어 본다

푸른 봄날의 한때였거나 잎새 성성한 여름날에 엮었을 털실 원피스의 마른 얼굴을 만지며, 어류처럼 누웠던 그녀의 숨결과 부피 가벼워지던 날을 본다

비바람에 다 지워졌으리라 여겼지만, 올 빠진 날개를 감춰 둔 서랍 안엔 오랜 무게들이 차곡히 쌓여 빈 어둠을 지키고 있었다

아내의 두 눈은 분홍꽃, 강물 속으로 뛰어든다

봄 햇살 따스한 손길을 받은 아내는 고개를 떨구고 어깨는 오래 들썩였다

>
찬비 내려 꽃 진 뜰 한켠에 지난해 보이지 않던 수선화
여린 꽃을 피우며 홀로 서 있다

봄날 풍경이 어스름에 지고 달빛은 분홍 꽃잎이 남겨진 뜰
위에서 긴 밤을 홀로 춤추고 있다 서랍을 닫자 여운의 바람도
멈추었다 고요의 기억을 지킨 빈집은 무게를 잃고 귀를 세운
어둠의 영역으로 아득해졌다

# 순례 중에 보낸 편지

먼 이곳, 떨리는 한 철에 익은 향기는 햇살 속에 내려놓은 빈 가지에 있습니다 정적을 흔들던 바람과도 헤어지고 있습니다

몸을 얻지 못한 영혼의 꽃을 그리다, 춘궁 환하던 숲에 걸린 그림의 화제畫題는 녹음 깊이 들었습니다


숲은 또 내일 두려운 몇몇 잎들이 땅으로 뛰어내리고, 비바람 사이로 곧 스미게 될 것입니다 환멸의 증거도 남기지 않고 떠나갈 것입니다

산 하늘을 떠돌던 구름이 쏟아 내지 못한 유폐의 비밀을 산머리에 그냥 걸어 두고 떠나가는 것도 봅니다

절망의 한철을 보내는 강물을 따라 해 지는 쪽으로 천천히 걸어가 보았습니다

때늦은 동백, 목 벤 자리마다 붉은 조등을 밝히고 황홀한 꿈이라도 꾸고 싶은 밤이 찾아들고 있었습니다


저문 하늘에는 부끄러운 햇살의 쪽빛 속살이, 번지던 노을에서 지워지길 기원하는가 봅니다

푸른 기운의 젊은 날을 세웠던 행간을 들추면, 삭고 구부정하게 박힌 못처럼, 잊었던 문장이라도 얻을 수 있을까 바

라 봅니다

　먼지를 털고 마침표라도 찾을 수 있을까, 지나온 길을 되돌아봅니다

　순례의 길 위에 남긴 말들은 낮잠 깬 흐린 행간처럼, 산빛에 녹아 어둠으로 곧 쏟아지고 말았습니다
　상흔 남은 벼랑에 짙푸른 물결, 바다의 생애도 보였습니다
　혼곤에 들지 못해 혼몽으로 뒤척이고 있었습니다
　깊은 고요도 넘치면 저리 깜깜해지고, 썰물 몰아가는 심연의 신음만 더할 것이라 생각했습니다

　열화를 견디고 한낮의 지평을 지켜본 밤이 닥쳐, 시린 내력을 더는 물어보진 못했습니다
　물결 펄럭임은 헐렁한 목덜미의 내 뒷모습과 닮아서 아주 낯설지는 않았습니다

　근심에 싸여 밀고 온 세월의 짐은 또 얼마일까, 별빛에 그을린 상흔은 메워졌지만, 봄날 통점의 시간은 꽃잎으로 분분하고 있었습니다
　천 리 밖으로 인적을 감춰 쓸쓸한 기적의 기대는 영영 할

수 없을 것 같습니다

숲은 내지의 물길에서 끝없는 그늘로 쌓여만 갔습니다


봄밤 떨리는 어둠에서 꽃 같은 황홀의 인연을 다신 만날 수
없을 걸 알기에, 기다려 보겠다는 오랜 다짐도 다 잊었습니다

그믐밤을 서성대지 않으며, 시퍼런 물살의 높이로 흘러가
야 하는 때문입니다


사라지는 행적마다 별처럼 투명한 비밀이 남을 겁니다


안개 휩싸인 숲의 내일에는 부재를 헤쳐 가는 일만 남았
습니다

# 구부러진 슬픔

붉은 낮달이
저무는 바다에 있습니다

오래 뜨겁게 지녔던 것을
그만 보내려는지
기척 없는
파도처럼 걷고 있는 사내의
뒷모습은 식어 있습니다

지난 시절의 연흔을 헤아리려는지 수평선에 맞닿은
고요하던 그의 눈은
내 눈시울로 굽이쳐 들어설 듯 그렁그렁했습니다

내 여백의 구석에도 떠나지 않은 한 철이 있었음을
또한 알게 되었습니다

서쪽 하늘도 더는 헤아릴 수 없어 검붉은
허공 속으로
발을 거두고 있었습니다

# 바람의 말(馬)


말(言)의 길이 희미해졌다

잿빛 하늘을 휩싼 바람이
흔드는 비명으로
골짜기로 내려선
어둑한 길목에서
지워지던 뭇별과

빈집처럼 헐려 가는 파랑은
흉몽 든 바다를 붙잡고 있다

기다림을 탓한 계절인가
먼 별은 캄캄해지고
궤도를 벗어난 파문 가운데

누가 울고 있다

# 배웅

　낮달이 떠난 창틈으로 노을의 눈이 닫히고, 단단하던 바람도 부러졌다 문밖엔 잠시 다녀간 풍경만 가족처럼 남는다 여울같이 설레며 떠오른 문장의 무늬는 거뭇해지고, 어깨 굽은 달빛 멀어져 간 그 밤, 빛바랜 사진 한 장씩을 눈(眼)에 묻었다

# Yogo*의 고흐

안개를 피우기 위해 문을 열면
정물이 된 사내의 눈과 마주친다

푸른 〈꽃 피는 아몬드나무〉**의 향기
끓어오르면, 뛰어드는 하오의 낮잠을 버린다

투명한 편지함을 연
바람의 언덕에서 생애는 해바라기처럼 일렁이고 있다

붉고 노란 대지에 불꽃을 피운다
노을 끝자락을 온몸으로 빨아들인다

농담濃淡을 가늠하는 찰나를 삼키고
전율하던 수평의 시린
두려움도 베어 낸다

불온한 기억의 한철, 거처의 무게도 가벼워진다

어둠 끝을 향해 사라지던 새처럼 솟아오른다

＞
몸 길 따라 휘돌던 영혼이 빠지고
안개는 자욱해진다

썰물처럼 평온해진 어둠이 차곡 쌓인다

되돌아보지 못한 생애는
멀고 희미해진다

눈부신 풍경으로 그는 웃는다

지관紙棺에 새긴 자화상만 남기고

* Yogo: 담배 이름.
** 〈꽃 피는 아몬드나무〉: 빈센트 반 고흐의 작품명.

# 늦여름 기운다

하오 속으로 달려든 앰뷸런스의 붉은 눈이 요양병원 앞에 멈춰 섰다 내몰린 바람에 어둠 박힌 해바라기처럼 식구들 열 지어 있다 이동 시트의 망초꽃은 여름 가리지 못한 빈 대궁으로 틈을 메우고 있다 앙다문 건대추 입술이 다 뱉지 못한 섬처럼 시퍼렇게 떠 있다 서둘러 닻을 걷고 고단했던 한때의 파란을 천천히 밀어내고 있다

물길을 넘지 못한 수평으로 굴절된 고요의 창은, 바람벽에 기댄 겨울을 보냈을 것이다 방구석엔 낡은 침묵을 쌓으며, 눈사람처럼 가슴을 찌르는 칼바람을 홀로 녹였을 거다 한 숨 들 때마다 훈풍에 몸 맡겨 떠밀려 가고 싶었을 것이다 땡볕을 견뎌 낸 강처럼 더는 봄날 맞을 수 없어 마른 구근이 되었다 바람에 온몸 휩싸여 파고를 넘지 못할 것이다

서늘하게 누워 열화에 뜬 간장을 이젠 식힐 수 있으리
무릎을 펴 침잠할 수 있으리
우물처럼 깊은 밤 지새지 않고 새벽도 잊고 혼곤한 잠 들 수 있으리

속도를 버리고 막막한 바람이 되리
무화의 나무에 들어 꽃 피지 못하고 사위어 가던
저녁연기처럼 아득해질 수 있으리

*

경계를 세운 노을 떠나고 길은 먹먹해진다 어깨를 누인 어
둑한 산등성을 껴안고 염천의 망초꽃으로 불타 묵정밭 재로
흩뿌려질 것이다

겨울을 따라나선 앰뷸런스 떠난 자리에 벌겋게 달아오른
눈동자엔 시린 강물이 넘치고 있다

낯빛도 없는 바람이 되어 입추 지난 볕, 그림자로 스미면
되겠다

# 금낭화


간절한 경계에
매달려 있네

희미한 기억을 붙잡은
유정한 상처로

붉은 발 디미는 저녁놀

숨 태워 올리는
연등처럼

# 생활


100년 만의 폭설에
버스의 몸이 파묻혔다

끊어진 길에 놓인 행렬은
상한 안색이 되어
대오를 지어 행진한다

되돌아보지 않고
밀물의 여백을 헤치며 간다

들끓는 심장을 꼭
움켜쥐고

# 몽중인夢中人*

취기에 말린 혀처럼
해탈한 애벌레처럼
오욕에 물든 장자莊子처럼
허무와 싸우는 줄무늬 거미처럼
오아시스를 찾아 방황하는 단봉낙타처럼
북회귀선 근처에서 서성거리며, 해안에 밀려드는 칼날 파
도의 파편처럼
환영에 수몰되는 잠의 황량 속으로

악취를 뜯어 먹는 오후의 비루한 햇살에 지쳐, 옹관묘에서
서서히 말라 가는 고비사막의 미라가 되려는지
귀 기울인 밤바람 소리에도 몽유에 빠진 허공을 잡고
자웅동체가 되지 못해 절망한 늙은 아메바처럼
바람 건너가며 발길질하는 무색의 여울처럼
죽음 환한 길 위, 눈빛을 잃은 분실물이 되어 가리지 못한
의심으로 있다
불신의 시간에 잠재워진 내일을 더는 기다리지 않는다

세상을 건너기 위해 닿았던 고생대를 건너고 중생대에서
또 길을 잃는다

>
진화를 멈춘 무욕의 본능에 앙상한 최후의 비밀이 되고 있다

주취를 흘린 빈 술통을 짊어진 헐거운 몸을 둘러메고
몬순지대의 지하도로 숨어 두려움을 버린 자벌레가 된다
날지 못하는 시름을 안고 동면에 든 박쥐가 되었다

헐거운 유언은 잿빛 저녁, 찢긴 낙엽에서 지워지고 낯선 행
성을 운행하는 분명한 이유도 더는 알 수 없게 되었다

지명의 목록이 매일 달라져 노을이 닫히기 전까지 낯선 지
평에 갇혀 있다
경계에 이르지 못하고 중음中陰에 들어 있다

침묵의 벽에서 치솟는 분노로 쌓인 몸 바람에 펄럭일 때마
다, 흔적 남은 길을 찾아 흘러내리는 바지를 물결치며 간다

나침반도 잃어버리고 남은 악몽을 빠져나가지도 못하고

* 몽중인夢中人: 영화《중경삼림重慶森林》의 주제곡 제목에서 인용함.

# 몰락은 눈부시다

울렁거린다. 난잡한 영화를 몰래 본 사춘기, 도발을 기억하는 울렁증

비린내가 가시기 선에 늑골은 해지고, 끝과 시작이 다 무너져 내리고

몸을 채웠던 물꼬를 터놓고 심장은 골처럼 차가워진다

폐허의 불문이 되어, 걸음 멈추어지고 힘은 눈으로 빠져나간다


백만 년 전 고독으로 흘러드는 몰락의 노래가 비롯됩니다 북에서 남으로 그리움이 산천을 떠돌다 내려앉은 밤도 저물면, 풀섶 이슬도 놀라 붉고 노란 창을 열어, 낯선 얼굴을 불쑥불쑥 디밀게 됩니다


뚜벅뚜벅 산길도 따라 몰려다닙니다 술렁거리는 숲의 난전亂廛은 숨 고를 수 없고, 두서없는 편지처럼 활활 펼쳐집니다


산맥으로 뻗어 가던 검은 능선도 짙푸른 어둠을 비로소 벗어납니다 담을 수 없이 쏟아지는 잎들은 부끄러운 얼굴로 붉은 발자국의 흔적을 남깁니다

&gt;

흐느적이던 바람도 색깔을 바꿔 입고 너풀대며 몸살을 앓습니다 청량한 노래 같아서, 멀리 번지지 않는 곳이 없습니다 물들지 않는 얼굴 또한 없습니다

차오르는 해가 아니라 쏟아지는 노을뿐입니다
처연한 주검의 여운이 저토록 아름다울 수 없습니다
파장의 구별은 어렵지만 몸을 던지는 빛 하나도 찬연하지 않은 게 없습니다
비워지는 것이 저토록 넉넉해질 수는 없습니다
긴장을 내던지고 내달리는 숲에는 붉은빛 태우는 청춘만 남습니다
일출의 장관처럼 무한 장력으로 솟아올라서 환하고 또 환해집니다

끝내 남루해지고 뼈대만 남은 몸이 될 것이지만, 드러내고 편히 누울 수 있는 장관의 시간에 있어, 제멋대로 뒤집고 몸 펄펄 날리며 빈 가지로 흔들려도 좋을 날입니다

첫눈 오기까지 뿌리 곁에 다 내려 두고 오래 잠들 겁니다 얼굴도 없이 썩어 갈 것입니다 지나온 먼 길을 또 기다려야

할 것입니다

  고요로 대시의 눈 덮이고, 잎맥 푸르른 날을 기다리는 밤
을 수없이 지새울 것입니다 가슴 벅차오를 짙푸른 잎맥도 숨
가쁠 것입니다 장마에 숲 젖은 길로 쓰러질 때도 굳게 뿌리를
내리고 기다려야 할 것입니다

  하늘같이 선하게 늙어야 오는, 장렬하고 조용한 날을 더
이상 돌이킬 수 없도록

  눈부시게 남겨질
  몰락의 때가 들어선 때문입니다

# 윤삼월

봄볕 아래
늙은 나무들
추녀에 스민 그늘 끝으로
당겨 앉는다

늦은 안부를 마친 마당
푸른 바람 속 풀잎들
낮은 고개를 들고 있다

조등처럼 환한 고샅길
꽃잎으로 수북이 젖는다

수의처럼 말간 몸을
내 말리려
뿌리 드러난 나무들
물관 끝에 닿은 여울 덕으로
먼 가지도 한 뼘 더 자라고

꽃의 시간으로 떠내려가려는지
비바람 소리, 빈 몸을 적신다

제2부

# 돌

눈비에 뿔을 적시며*
어둠의 속사정을 품고 있다

안개 속이라 나서지도 못했다

빈 의자처럼 보낸다

흙 묻은 발이 말(馬)처럼 단단해지고
물결 박힌 소리에
울음은 자주 문드러진다

언 발을 비비며
떠밀려 가는 저녁이다

노을 앞섶에 취한
외길 끝에서
바람 소리에도 나는 휘청거린다


* 이상국 시인의 시집『뿔을 적시며』에서 차용함.

# 공휴일

등꽃 그늘 아래 목어는
휴일 오후의 햇살에 빈 몸을 내맡기고 있다

덜컥이던 심장으로 강물이 넘쳤는지
연신 토히는 기침을 뱉고
인연 깊은 곡차를 채운 어항의
물고기로 그는 떠 있다

바닥을 보인 잔을 벤치에 올려 두고
알 수 없는 독경에 꽃그늘이 흔들린다

상처 입은 봄날은
봉인 풀린 풍경처럼 출렁거린다

젖은 근심을 내다 말리려는지
부산한 주머니에서 건져 올린 구겨진
지폐 몇 장, 마른 잎처럼
여울을 찾아 뒤척이고 있다

저울 위에 올려진 눈금, 가벼워진 것인가

약전略傳의 무게를 가늠할
바늘은 움직임 없고

흐린 잔 속으로 빠져드는
하오의 저문 햇살처럼 초점은
사선으로 꺾이고 있다

뼈대는 가눌 수 없어 허물어지고 있다

의식을 마친 어스름의 잔은 비워지고
고요 속으로 잠기고 있다
평안을 오래 기다렸는지

입멸의 묵언에 드려는지

이팝꽃 지나온 바람은 휘청거리고
시편처럼 꽃향기에 취한 봄
나직하게 들어서고 있다

# 동흥 씨氏 약전略傳에 부쳐


붉은 입술이
옛일처럼 가라앉네요

수국 지기 전까지
말해 줄 순 없었던가요

푸른 강물은 엄동으로 떠나는가요

훗날 약속도 잊고
편지처럼 흘러만 가는가요

삭망 달빛에 감춘
무구함만 돌보고 싶으셨나요

파꽃 피는 날
사무친 것 내려놓고

그리운 문장으로 넘실거리는
그 섬으로

\>

꽃 지는 봄날

흰나비 날개로

훨훨

노 저어 가시나요

## 파란波瀾

남해 부푼 바다
수평에 걸쳐진 배들

등꽃 반짝이는
섬처럼 있다

미혹에 들린 마음 같다

꽃등의 그늘은 섬망처럼
향기 든 연분홍 연정의
얼룩이 남아 있다

우화를 끝내지 못한
바람, 서늘한 눈을 덮는다

사소한 목록처럼
꽃잎 분분해지고

그 여름 떠난
얼굴 희미해지고

&gt;

행간을 드나들던 말귀는

신산해지고

# 무월舞月*에서

### 1.

친구는 광란의 참혹한 적막을 내게 전송해 주었다 눈(雪)의 경계가 스러지고 붉게 덮인 잿빛 연기로 가득 채운 허공, 검붉은 새들이 펄펄 날고 있었다 맹렬한 짐승의 무리에 쫓겨 탄식도 없이 쓰러진 낮은 지붕들, 시뻘겋게 웅크리고 있었다 붉은 해무가 빨리 걷히길 망연한 하루만 기다리고 있었다 화선火扇을 따라 소용돌이치는 바람이 에워싸고 위태로운 노을이 골짜기를 타올라 대간大幹은 끊어 넘치고 있었다 해는 비극의 능선으로 매일 떠오르고 침묵의 잔해들, 검은 피를 흘리며 서 있다 깃발 펄럭이는 바람 속으로 몸 던지는 밀교의 번제에 바쳐지고 있었다 죽음의 궁지로 끝없는 주검이 차곡히 쌓여 가고 있었다

선 채로 어둠이 된 숲. 몸은 허물어지고 뼈마디에 박힌 오랜 이름을 잿빛 입술로 삼키고 있었다 죄에 싸인 이승의 혼백이 빗돌처럼 줄지어 서 있었다 대간은 지옥 속에서 검붉은 심장을 태우고 있었다

### 2.

옛 얼굴들 떠오른 무월에 들었다 숲은 어둠을 떠나 연록

의 활엽으로 깊어 가고 있다 마른 가시를 세운 음모의 잿빛 고요로 숲은 누워 있다 붉은 피 마른 골짜기로 검은 눈물이 소나기로 들이치고 있다 밤비 속에는 능욕을 못 견딘 조등처럼 마른 꽃잎이 쌓여 있다 달빛 상흔만 남은 마을은 심연의 깊이로 흘러가고 있다 검은 몸이 되어 서늘한 고샅길을 쓸어가고 있었다

별밤 총총하고 달빛 춤추는 것을 볼 수 없겠다 너른 들, 오래된 지명이 밤 그늘 속으로 묵묵히 지워지고 있었다

* 무월舞月: 경북 울진읍 호월리의 옛 지명.

# 설화

경북 울진 불영사 대웅보전 돌계단 아래는 용궁에서 파문 당한 거북 두 마리 살고 있다 지상의 연옥은 피할 수 없었는 지 천축을 건너온 부처의 눈에 사로잡혀 수천 년 참선에 들어 있다 미처 감출 수 없는 꼬리는 본전 탱화에 남기고, 억 겁 쌓인 등에는 두터운 금진*이 얹혀 있다 세상을 깨우는 목 어가 울 때마다 긴 목을 빼고, 동트는 눈을 떠 사해四海로 포 행布行을 나선다

* 금진: 무쇠처럼 무거운 먼지나 티끌.

# 반란斑斕

봄꽃 또 피었네 향기를 훔친 바람이 꽃잎 흩뿌리는 날, 별 빛 꽃잎 위로 쏟아지고 마른 몸 누인 나무 아래, 허공에 넘치 는 은하수를 보며 찰나를 홀로 건너기에 좋은 밤이네

*

분별없이 따라나선 길 위의 시간, 이제 보내야겠네 기대 의 끝이 여행이라 고집했지만 실은 사소한 우연의 시작일 뿐 이었네 팽팽한 시위를 견딘 오늘은, 내일 무너지는 그리움은 연속의 또 하루와 같더군 멀리 날아갈 수 없는 깃 빠진 화살 이란 걸 알았다면, 꽃길 밟는 봄날처럼 낙엽 위에 흘려 쓴 필 흔이나, 눈밭을 들끓으며 걷지는 않았을 것이네 무엇이 나를 여기까지 건너오게 했는지. 어깨 휘청거리고 발을 자주 헛딛 곤 했네 너무 멀리 와 되돌아갈 수 없었네 얼룩을 훔치던 흐 린 창의 실금에 갇혀 지낸 것이었네 이슬이 가지에서 서성대 는 동안에도 아침은 오고, 기쁨의 시간들 지나가는 계절에도 있었네 주사위를 굴리며 빨래처럼 펄럭였을 뿐, 차례의 끝이 이제인 것 알아 참 다행이네 아침이면 들어서던 두려움과 백 야행의 호기심을 거두고, 우화를 마친 풀벌레같이 들길 끝. 홀로 선 나무 아래로 돌아가려 하네 순례의 길로 덮치던 적막 의 파랑을 그만 떠나보내야겠네

>

　빼앗길까 쫓기며 또 쫓던 걸음, 이제 오래된 시계처럼 천천히 지나가네 휩쓸고 간 것인지, 길 위의 외로움이 낡아질 때마다 그림자로 서성였네 허기를 삼켜 잠을 할퀴던 밤. 불 켜지면 영원히 그림자로 남을까 두려워 두리번거렸네 말을 섞은 적 없는 어두운 하늘이 그래서 좋았네 새벽이 오기 전 이마에 떨어지는 별이나 날개를 펼쳐 빌딩 숲 벼랑을 건너는 슬기로운 박쥐들을 부러워했네

*

　번거로운 시선이 없어 정적의 메아리 홀가분함을 누렸다네 사무친 아픔이 바람 때문이 아니라 가지 끝에서 흔들리는 눈물 부르는 것이란 것을 알았네 비명을 지르는 밤은 기록 없는 시간의 여백으로 남고, 모서리를 맴돌던 소란에 묻혀 그 너머를 볼 수 없게 되더군 눈 저물고 노을처럼 속박이 짙어진 것이었다네 깜깜해지고, 걸음 무거운 것도 그쯤이었네

*

　격정의 떨림과 비겁한 두려움의 흔적은 환락에 찌든 먼지에 섞인 변경의 문 앞에 쌓인 환멸만 남은 폐쇄된 모텔. 빈 약

통과 남은 소주병은 조난신호처럼 몸을 굴리고, 부스러기 남은 색 바랜 과자 봉지가 질척한 반란을 메우는 맑은 창밖으로 밀려가고 있다 바닥은 허물 벗은 오랜 절망이 검고 눅진한 꽃으로 피어 있다

*

폐허의 지붕을 지탱하던 벽이 쓰러지고 숨소리는 새벽닭처럼 길게 울다 끊겼다 한참이나 눈물에 떠 있었다 가라앉지 못하고 흐를 뿐, 손 내밀어 보지만 닿을 곳 없어 밀려 갈 수도 없다 안개처럼 피지 못하고 위태한 무릎을 꺾고서야 너덜을 벗어날 수 있었다 멸절의 자유에 든 눈의 고요는 유치된 고도를 바라보며 바람을 부르고 있다 접은 날개가 부서져 꽃잎처럼 흩어졌다

창틈의 빛은 누가 부르기 전까지 한참을 꽃잎 위에 머뭇거렸다

봄, 흩어지는 날이었다

# 안행雁行

노을의 절정을 삼킨
산사山寺의 어스름

발자국 들킨 고요에
소름 돋은 생살의 동백은 피고
미궁에 흔들리는 눈빛이
휘몰려 들고 있다

긴 마당을 건너는 장삼長衫 기러기 떼
무량수전으로 길 떠나고 있다

느린 겨울 강처럼 흘러들고 있다

몸을 휘감던 욕정의 흔적도 내려놓고
노을 하늘을 안고 붉은 날개를 펼친다

풍경 소리는 구부러진 바람으로 운다

묵언에 뿌리 내린 장좌불와長坐不臥 고사목
회환의 가지는 내다 버리고

무문관에 들고 있다

시린 문틈을 비집고 기러기 떼
어디에 들어서려는 걸까

빈 몸 허공을 흔들어
불이문不二門을 또 나설 수는 있을까

굽이치는 해탈의 문을 열지 못하고
장단 없는 노래처럼 허전했을 뿐
휘몰아 가는 풍경 소리
바람 숲으로 몰려가고 있을 뿐

# 밥


뼈마디에 박힌 사리를
내려놓을 때다

소신공양의 다비로
끝마칠 때다

삼계三界를 건널 때에도
뇌우에 혼절한 염천에도

화두에 함께 든 노심초사
두터운 손길의 도반이 있어
묵언수행을 견딜 수 있었다

가난한 목구멍을 메우고 뭇 새들
빈속을 채우는 쭉정이어도
빈 들에 잘 익은
거름이 되어도 좋다

육탈한 근심을 훑고
훨훨 사라지면 되겠다

# 실종

푸른 느티나무 그늘에
제 허물을 매달아 두고

삼매로 들어서던 매미는

통정하던 여름 숲의 비밀에 빠져

아우성치는 거리의 침묵으로
사라졌다

# 압화

　이발사는 익숙하게 내 머리를 다듬는다 거울에 박혀 있는
아버지를 오래 기억하기 때문이다

# 장마

몽매 든
사서四序의 허를 찔렀다

종잡지 못한 햇무리
낙천落薦이 되었다

바람에 바쳐진 꽃향기
우듬지 서늘한 서사로 피어
칠흑을 쌓은 불면의 밤을 지키고 있다

강 깊은 시절로 간다

소서와 대서
하오에 숨은 그림자 속으로
음롱音聾에 멈춘
달력에 갇혀 있다

그늘 닿을 때까지
지나는 염천의 여운에도 묻혀

# 택배

먼 남쪽에서
겨울이 도착했다

검푸른 파도의
연흔을 새기고

섬 바람은
붉고 노란
껍질에 싸인 만월이 되어
흘러왔다

어둠에 몸 부딪고 온
바람눈이 창을 서성대고 있어도

방 안에 스민 향기만으로

물결 고운 밤처럼
연흔을 건너온 맘 품고
혼곤으로 빠져들었다

제3부

# 미분의 세계

새벽 바다에서 본다

밤 그늘을 찾아 사선을 긋던 별은
게눈처럼 갯벌 끝으로 사라졌다

조율하던 바람에 꽃 지고
여울진 검은 파도에 연흔만 있다

인연이 떠난 자리마다 우묵한
하현이 떴다

# 빈집

여우비가 내린 여름 오후였다

담 너머 수국은 마른 목을 꺾고 있다

흉몽에 일렁이다 선잠 든 바다는
물결 사이에
어린 몸을 품고 있다

낮달이 타는 해를 가려 주고 있다

마당 키 작은 어린 꽃나무
홑이불을 들추는 검푸른 잎맥 어스름 돋아 있다
온기 잃은 꽃그늘, 푸른 발등을 쓰다듬고 있다

마당을 적시는 흐린 등이 짧은 밤을 지켰다

별빛
희미한 새벽으로 빠져나갔다

대문은 입을 굳게 닫고

벽을 세운 기둥이 주저앉았다

봄 흐드러져도
꽃 진 자리 남은 마당
나무 그늘은 제자리를 맴돌고 있다

# 입춘

마른 빛들이 얕아진 강 허리를
번지다 돌아서면
여울은 앞섶을 풀어 잔잔해집니다
빗장을 열어 평안으로 여며 있던
눈빛도 한 겹씩 풀풀 날립니다

수척해진 물의 뼈대도 녹아내립니다
푸른 바람이 언덕으로 불어오고 물이랑에 가라앉기도 합니다
겨우내 세워둔 숲 어깨가 조금씩 흔들리기 시작합니다
무감하던 죽음의 기억은 지워지고, 통점도 헐렁하게 무너
집니다

바람이 죽은 몸을 천천히 닦아 냅니다
모진 한 철을 보내고 나면
적멸의 바위도 깨어나고
마른 나무의 신음은
산음散陰의 메아리가 됩니다

묵묵함은 투명한 구원이 됩니다

\>

매듭이 풀린 달력의 숫자가 가벼워지고
단단한 뉘우침도 필요 없어집니다
언 몸을 데우는 봄볕으로 찬란해집니다

우거진 그늘을 찾아
속살은 더 깊어집니다

# 수국

간밤 꿈속
파고에 갇혀 뒤척이다
울고 말았습니다

빈 마당, 흥건한 비에 꽃들 다투며 피고 있었습니다

보랏빛 그 꽃에 취해 강은 잘 건넜습니까 되돌아오는 배는
없는 곳입니까
나는 물었지만 당신은 낙엽처럼 붉게 웃기만 했습니다

흘러갔다면 어디쯤에 닿아 머물고 있을 것이라 믿지만
마른 얼굴을 더듬으며 그렇다는 말이라도 듣고 싶었습니다

처서는 지났는데 꽃 다
지지 않아 환멸을 말할 수는 없겠습니다
서로의 손이 닿지 않아도 묵묵한 기대가 있는 때문입니다

몸부림치며 바삐 건너다 넘어지기도
그늘 속에서 울기도 했지요, 바람 그네를 타고
꽃처럼 웃던 날도 있었지요

가파른 언덕 쌓인 세월을
지샌 밤도 많았지요

느리게 식어 가는 눈빛에 새긴 것은 연민을 향한 연흔이
었습니까

눈에 고여 반짝이는 것은 향기를 잃은 꽃의 비밀이 되려
한 것인가요

환히 피는 그곳의 꽃향기는 또 어땠습니까
연서를 간직한 그리움은 만나셨나요

바람 스산해지고 적막으로 들어서는 이곳
들판의 꽃들, 노을에 지고 있습니다

# 속수무책

풍요의 한 철이 넘실대며 흘렀다

파문의 길을 새긴 사내의 주머니에서
소용돌이치던 계절에 감춰, 음각의 문양이 된
정염을 꺼낸다

여울 사이에서 부풀다 수척한 빈 이랑처럼
침묵을 단정히 가둬 두려는 듯
뒤란의 안부를 기다리고 있다

여름 꽃그늘 아래
조각난 거울에 갇혀 그는 듣는다

소나기 지난 뒤 표정을 지운 길에서
눈 감으면 바닥을 치는 소리들
낮게 밀려오고, 또 들이치고
뒷모습의 고요처럼
생의 절반은 위태로웠다

오래 두고 온 연민이 무너지는

예감에 빠진 그림자를 어루만진다

지는 별은 먼 가지의 거미줄에 자주 걸렸다
무시로 달빛은 떨고
잎 지는 소리만 거리를 질척거렸다

무덤에 꽃을 바치는 눈길에 그늘의 연흔이 있다
지나온 길, 꿈꾼 적 없어 무구만 남았다

어둠처럼 이슬 위에서 잠든다

외면을 피해 입을 다물고
귀 먼 문을 오래 기다려
비밀이 전부인 때에 닿아 있다

무후無後를 위해
제야의 종이 울렸다

# 나비바늘꽃

가우라*라는 이름
기울어진 시월 같다

흐르는 구름의 여물목 같다
보듬지 못한 계절의 다른 이름 같다

빛 벗어난
꽃그늘로 누워 있다

저녁이 오면
달을 살피는 시곗바늘
어둠을 품는다

붉게 허무는
그림자의 작렬을 보겠다

떨어지는 슬픔은 눈물보다
더욱 환해지는 것인가

소중한 이름을 얻은 꽃의 날개 속으로

꿈 나비 잠든 새
고요를 건너가고 있었다

* 가우라: 나비바늘꽃의 다른 이름.

# 낙과를 보다

바람 속으로 떨어지는 것은
말의 상처에 새겨진 은유인가

나무들 몸피 가벼워지고 숲 어깨로 스민 흐느낌 멈춘 것인가
들썩이던 속 비워 낸 뼈대는 얼마나 가벼워진 것인가

손 풀어 낸 주머니는 얼마나 위태로운 막막함인지
숲길로 들어가 남으로 기운 가지를 가만히 매만져 본다

무성으로 솟아 초록을 메우던 여름날의 풀처럼
붉고 노란 꽃들의 정처를 기억한다
잎 흔들던 붉은 단풍과 수척한 계절의 눈 젖은 자취를 생
각한다

슬픔을 떠올리지 않아도 되는 일상처럼 낙과는 그늘 너머
를 흘러간다

바람에 떨리던 숲의 노래를 들으며 살갗을 파고든 시린 날
의 간극에 든다
눈비 맞고 햇살을 담았던 내지內地의 뼈를 본다

>
길 끊은 눈보라 속, 벼랑으로 내몰려 몸 던진 비명의 흔
적으로
피안으로 가는 주검의 눈을 본다

팔 벌려 닿은 가지 끝에서 얼굴을 지우고
뜨거웠던 몸 내려 땅으로 스며 가는 멸절 찬란한
한때의 치열함을 내려놓고 고요로 더 깊어지는

뜨겁게 꽃 품던 여름, 넝쿨이 가난한 손목을 붙잡고
사막의 발등이 무너지지 않도록

쿵쿵 발자국을 울리며

# 하늘매발톱

수목한계선을 뛰어올라
꽃은
피어 있었다

눈비 바람 맞고, 날 선 사계의
무너뜨린 근심으로
몽유를 들이더니

막힌 반도의 끝 간 데
눈얼음 쌓여
샛강의 눈 어두워졌어도

백의白衣를 두른
백두의 산머리

갈라진 반도의 틈
꽃 피워 올려 대륙으로
길을 내고 있다

끊긴 연에 가닿지 못한다 해도

기다리라, 온 가슴 드러낸
평화의 인사처럼
파란을 일으키며
피고 있다

숨결 뿌리 산정에 박혀
자줏빛 꽃등 빛나고

정오의 햇살 한 줌은
남녘으로 향해 있다

전언을 이어 주는 핏줄처럼
환한 얼굴을 들이밀고 있다

# 별지 목록別紙目錄


오늘 밤에도 주검은 제집에서 썩어 갈 수 없어, 앰뷸런스에 오른다. 뒤돌아서지 못하게 트렁크는 세차게 닫힌다 지나치는 풍경을 더는 바라볼 수 없게, 두려운 창문을 닫는다 선팅을 하고 불투명해진 눈으로 울부짖으며 달린다


눈빛을 피한 불안한 어둠이 남았다 온기를 빼앗긴 발톱을 감추어야 한다 털 없는 손은 시리다 목을 세운 장화 속에서 툴툴거리는, 오늘의 아침 인사는 질척거림. 풀리지 않던 오늘의 일기는 늘어진 밤의 목을 당겨 본다 긴 · 꼬 · 리 · 여 · 우 · 원 · 숭 · 이

지루해져서 눈은 더 멀어진다 예보를 비켜 가는 날씨 앱은 목록에서 지운다


휴일 아침. 방에 누워 벌처럼 몸을 비빈다 표피의 각질이 우수수 떨어지도록, 윙윙…… 온몸으로 휘파람을 분다 문은 울고, 뼈마디가 닿는 시간은 비명인 것을, 아직 모른다


환유는 구부러져 "통증이 없다"라고, 생각한 적 있다 직유처럼 단정한 뼈를 갖지 못한 탓이라 단념한다 반짝이지 않는 건, 없는 것. 비 오는 어제부터 갠 오늘까지. 지루하거나 빠

른 것은 기억이 된다 무릎은 어제의 길을 오늘 다시 지나친다

　비 맞은 우산은 불투명한 껍질 속으로, 둥글게 아픈 몸을 말고 쓰레기통에서 비밀이 된다 축축한 날마다 갈비뼈를 펼쳐, 페티시\*에 필요한 날씬한 몸으로 다시 태어난다 손아귀는 불편한 단어지만 구부러진 손잡이는 모멸에 가깝다. 상품의 표기처럼, 규범을 감춘 손바닥이 가려져 "지금"은 여전히 미확정

　겨울이나 여름에 있어 서두르는 사람들. 가을과 봄, 비 오는 오후에 흐려지는 시선들, 일정한 간격의 비를 맞고 있다 어깨를 부딪지 않고 행렬을 이루어 속보로 걷는다 믿지 못할 마음을 감추고 예의 바른 문자로 진심을 남긴다 무시無時 무시無視한 무관심한 미소는 바람이 쓸고 간다

　혼자 밥을 먹고, 엄마 없는 아이처럼 혼자 놀다, 홀로 잠 못 들어도 외롭지 않은 사람들. 스스로 혼자가 되어도 외롭지 않은 사람들.

　퇴화된 귀를 세우지만 입은 자꾸 미끄러진다 목적지를 잃

고 두리번거리지 않는 눈. 날씨 얘기로 어색했던 만남은 눈을 감는 저녁에 비로소 완성된다

선글라스로 속내를 가리고, 오늘 메뉴가 연기처럼 하늘로 올라가 버린 걸 후회하는 연인들. 서로의 눈빛이 식어 가는 것. 검고 두꺼운 유리창도 알고 있다는 것. 서로 다른 얼굴을 미리 기대하고 있다는 것.

편지는 오늘 보내지 못했다. 너무 길어서, 꼬리를 남겨서, 무겁고 너절했던 시간이 너무 많아서, 나른해진 오후의 손으로 흘려 쓴, 비 맞고 축축한 후줄근한 이야기여서……

별지 목록의 상처를 훔친다 얼룩이 남은 별지에는 '흐림'으로 반드시 명기한다

오늘 별지는 새벽 전까지 꼭 버린다

* 페티시: 손이나 발 따위의 몸의 특정 부분 또는 옷가지나 소지품 따위의 물건을 통하여 성적 흥분이나 만족을 느끼는 일.

제4부

# 울진*

오랜만에 만난 친구들
소요하던 초저녁 달빛처럼
뿔뿔이 흩어졌다

질펀하던 식당을 나선 길, 컴컴하고
노래방 불빛 해무처럼 자욱하다

아는 이 드물게 만나도
뉘엿한 표정이 되고 만다

갈지자(之)로 비포장한 세월
낯선 무너미를
내처 넘어 지낸 탓이다

닻을 잃은 빈 배의
상처로
나만 서 있다

낯익어 환한 개활지로
한때의 계절이 지나갔는가

&gt;

이름도 잊힌 노숙자의 저녁으로 내몰린 내지는 허방 속에
서 술렁거렸다

중심을 벗어나
눈 어둑한 내력 탓인가

행인의 시선으로 들어가 보지만
바람 차가운 유리창에 비친
붉은 얼굴이
담장에 기댄
오랜 내력처럼 무너져 내린다

그림자의 키가 주검보다 헐겁다

바람 허전하게 드나드는
골목이
첫사랑을 떠나보낸 사내의
입처럼 무겁다

빼곡한 속내 내보이던 이웃들

낡은 창들도 지워지고 없다

왁자하게 술집 창을 두드리던 소란들도 오래전
불문不問에 가라앉은 듯
옥호 지워진 문은
웅크린 불빛이
입을 막고 있다

기억의 행간을 더듬는
미아처럼
외롭게 늙어 간 지명 속에 서 있다

묵혀 둔 미행의 나들이에
들킨 여운은 탁류의 깊이로 흘러간다

무덤이 된


\* 울진: 경상북도 울진.

# 오월

빈 걸음 재촉하던 소나기
들판 흠씬 적시지도 못하고
초여름 그늘 속을 지나간다

고요를 들추고
여린 얼굴들 세상 밖으로
온몸을 떨며
꽃 피웠지만

낯선 발소리의 무게에
이내 지고 말던

오월 그날
어린 제비꽃

# 수원 연화장

하지를 넘어온 바람이 햇살 사이로 몰려
마른 꽃잎에 머물러 있다

하늘 강을 건너지 못해 매달린 허공으로 여백은 갇혀 있
다 빼곡한 가시 햇살을 받아 내고 있다 낯선 곳에 태어나 머
문 지친 날들과, 함께 걸어온 붉은 꽃 다시 피울 수 있을까

차례도 없이 늘어진 담쟁이들, 그늘 끊긴 벽으로 헝클어진
먹구름 몰려다니고 휘돌던 바람도 눈을 닫고 있다

길고 뜨겁던 여름, 입술에 번지는 행렬의 돌림노래 이어지
고 있다 무간無間에서 사라지고 있다 구름을 몰아온 연화蓮花
끝없이 피어 화엄에 가고 있다

잊었던 꿈길의 여정에 들었다 다친 마음과 두려움을 잊으
려 초조한 문을 향해 옛애기의 끝처럼 사라졌다

# 평형의 힘

도마는 무수한 길의 생애를 가졌다 그 길 위의 비명을 듣지는 못했다 한때의 떨림이거나 두근거림. 필사의 숨소리가 스러지며 소름은 우후죽순. 욕정의 다짐을 채운 외투가 벗겨지면 바닥은 산산해진다

베어지고 갈라져 짓이겨진 틈. 두려움이 숨을 여유도 영혼 사라진 평형의 숙명에 갇힌다 내력의 절대를 묻지 않기에 기회의 고비를 통과하지 못한 것이다 생애는 가벼워지고 허공이거나 비움이란 관계의 질서에 갇힌다 시든 잎이나 부서지는 절박한 햇살의 결말, 예견이 된다 뜬눈을 지켜야 했지만 슬픔을 빠져나오지 못하고, 예정 없이 이르던 상수上水의 밀물을 벗어나 하수下水의 입멸에 들어설 각오만 남긴다 걱정이 멈춰진 보루에 살고 있는 때문이다 투과에 익숙했던 빛의 시간, 첨예한 칼에서 살았던 생애는 주춤거릴 수 없는 여유의 간극에 닿을 수 없다

등방향等方向의 무수한 길로, 주검 떠나며 남긴 미세한 흔적이 쌓이고 또 말라 가기를 반복한다 안개에 들어 올곧은 뿌리를 가졌던 초록의 잎새들, 연회색의 화려한 날개로 하늘을 가르던 새들, 꼬리의 유영이 남긴 파란들, 입술이 닿은 실금

사이 파랑이, 침묵의 그 길에 가라앉는다 주검을 떠나던 비명의 이력을 기억하지 않는다 무한 반복의 계단을 또 하나씩 덧댈 뿐, 교차하는 사선의 시선이 녹아 질척한 비정의 방향은 깊다 슬픔의 틈을 메우지 못한 빗금엔 바닥에서 짓이겨진 어둠을 껴안고 틈을 메운 자리가 된다 붐비는 길을 벗어나 깊고 고요한 수치의 흔적이 된다

밤의 허리에 기대어 두렵고 컴컴하게 뻗은 직선의 균열은 무너지지 않는다 교차로에서 균열의 막다른 절규와 맞닥뜨려야 하기 때문이라 믿는다 깊이와 높낮이조차 둔탁한 단음의 균형에 안성맞춤이 된다 엄혹한 가치의 계절이다 창으로 바람이 불어도, 고요의 들숨에 귀 기울여도 평형은 평면의 흔들림을 지탱하는 절대의 힘이 된다 희생양을 영원히 기다리는 무소불위의 언덕을 넘어간다 검붉은 피를 지우고 또 피의 기억을 묻어 가는, 평형의 가치는 숨은 권력의 안전지대이기 때문이다

# 메멘토 모리*

윤슬이 푸른 물잔에서 일렁인다
반짝이던 손이 고요해지고 붉은 입술이 닫혔다

열기 가득 찬 거리를 벗어난 카페는 오수에 들었다 난바다
로 흐르던 음률 닮은 하지의 햇살 닿은 창은 떨고 있다

석양에 검어졌거나 휘청대는 얼룩의 낡은 활자에 갇혀 책
은 낯선 얼굴로 꽂혀 있다

침묵 속에서 소란을 듣는 것처럼
"불빛 꺼지고 문이 닫히면 우린 주검으로 가까워져요."
책갈피에 끼워진 '시詩', '찬', '때', '잠' 같은 단음절에 걸린
제목은 두려움으로 몇 번이나 운율을 놓쳤다

초조한 그녀의 눈이 무거운 행을 찬찬히 읽어 가고 있다

"보이지 않아도 남아 있잖아요"

별이 뿌려지던 한밤에서 눈 감는 새벽까지, 차올랐던 말들
은 밀물로 잠기지요 그런 밤은 둥실 떠오른 달이 재회의 밤을

위해 어두워진 이름도 기억하지 못해서 즐거워요 상쾌한 공기 속에서 사라지는 나비 같아서 좋아요

창문을 가득 채운 너그러운 일몰은 비명을 잊고 피안彼岸의 깊이를 건너요 눈빛은 영혼을 읽을 수 없게 될 거예요 음절의 숫자를 셀 필요가 없을 테니까요

모퉁이의 그늘마다 차고 검은 바람이 분다 분명하지 않은 계절로 분분히 나눠지고 사막처럼 가라앉고 있다

흐려지는 망막 사이 한 조각 비늘도 남기지 않고 깊이에 잠긴다

시선에 사로잡히지 않는 창밖에
파도는 여전히 떠다니고

탁자 위 책 속의 메멘토 모리는 여백의 바람을 쓸고
남은 소란의 눈빛을 지워 버리고

* 메멘토 모리Memento mori: '죽음을 기억하라'는 뜻의 라틴어 경구.

# 대하소설

모래언덕을 넘어가는 안개의 발처럼 준령을 넘어가는 강이 있다 알 수 없는 미몽이거나, 청각도 잃고 방향에 익숙한 몸의 기억을 따라가는 물결이 있다

북천을 건너기 전까진 산맥 저 너머 강물에 몸을 버리던 바람으로 걸었다 골짜기를 건너지 못한다면 댓바람을 타고, 동해의 해당화로 피어 해풍의 젖은 눈꺼풀을 적시고 싶다 해바라기가 되어 양지의 푸른 햇살만 받고 있어도 좋겠다 밭고랑에 단비로 들어 짙푸른 풀, 물관에 숨어 사는 비린 바람 흔드는 허전한 소리가 되어도 좋겠다

신화는 해진 표지의 테두리를 벗어나지 못한다 붉은 가사를 걸친 금존불처럼 무념무상. 선정에 든 노을이 되어도 좋겠다

문에 몸을 지탱한 것은 삭은 쇠못의 안간힘이라 믿을 수 없다 긴 낮과 어둠을 건너 남루해진 몸 감싼 옷자락이었을지 모른다 탐닉에 빠진 시선만 기억한다 비늘을 한 장씩 들추며 질주하는 눈빛은 찰나에 빠져들던, 밤 밝히던 꽃그늘이 지는 새벽이나, 회환의 날을 간직한 경전의 활자가 되어도 좋다 머

금었던 말은 표제 없는 서사로 지내도 좋겠다

　타클라마칸의 모래는 경전의 지명처럼 귀에서 무너지고,
그림자의 간극이 허기를 달래 줄 눈을 공글리고 있다

　강의 너울을 헤치다 바위에 부딪혀도 울분 솟구치던 모난
때도 있었다 매일 부풀려지던 봄날 볕을 움켜쥐려 내달린 적
오래다 강물 휩쓸려 삭은 등걸이 되고 겹겹이 싸인 능선의 검
은 눈처럼 어두워진다 꿈꾸던 날이 지평 너머로 가는 노을을
바삐 뒤쫓아 가고 있을 뿐……

　절반의 하루는 햇살 뒤편의 어둠에 빠진다 헐거운 책장의
뼈대에 등을 대고 몸을 휘둘러 본다 들숨이 날숨의 속도보다
조금씩 빨라지는 늙은 그늘을 오래 들인 탓인가 가슴에 부푼
먼지만 쌓인다 옅은 바람에 부딪혀 비틀거리고, 질긴 저녁으
로 잠이 몰려온다 언 몸을 녹일 여린 호흡이 끝나가고 있다
수평의 길이어서 무지개로 떠나갈 것을 믿는다 끝나지 않는
풍경을 따라나선 길이 되어

　드나드는 이 없어도, 아호를 새겨 누더기로 끌고 가는, 생

애의 전부는

　불온한 결말의 대하소설이다

# 꽃의 기억

유월의 하늘 끝을 세워
칼날로 피었다

떠도는 구름에
이력을 써넣으려는지

소나기를 뚫고
노을의 시선에 피 흘려 가며
실금 사이 풍경을 헤집고

주검을 벤 그림자에 이른 밤

여운의 긴 목을 찔러
내 안에 상심 홍건해지면

어둠의 배후에
붉게 써 내려가 핀
자줏빛, 그 꽃

# 간절기間節記

바람길로 계절이 또 지나갑니다 허물 벗은 문의 고요로 치
닫고 있습니다 남루한 땅으로 슬픔이 가라앉고 있습니다 화
인火印의 장막을 펼쳐 파문은 중심을 잃고 어스름에 스미고,
남녘에서 몰려와 통정으로 부풀던 몬순의 계절풍에 염천을
잊고 떠납니다 서성대는 들길은 퇴락한 연대에 봉인되고, 빈
계절의 등을 지키게 될 것입니다 강물의 기척이 어두워지면
줄지어 새들 더 멀리 떠갈 것입니다 결 고운 샛강은 붉은빛
에 잠겨 검은 하늘을 봅니다 북천의 얘기를 전하려 무서리가
풀목에 도착하는 것도 곧 보게 됩니다 어둠을 남기고 떠난 새
벽, 파국의 그림자로 깊어진 골짜기는 절정의 화염에 곧 휩
싸일 때입니다 숲은 짙푸른 꼬리를 감추고, 수런거리던 바람
도 다 휩쓸려 갑니다 폭염에 지친 잎들도 옷섶을 뒤집고 펄
럭일 것입니다

언약은 먼 서녘에 있습니다 어제와 같은 날이 또 한 철을
채우며 지나갑니다 기운 대답은 침묵의 어디쯤으로 옮겨 놓
아야 할까요 투명한 바다에는 헐리는 바람의 시간 속으로 옹
기 조각이 햇살 한 점을 베어 무는 걸 볼 때, 지금이 아닌가
싶습니다 그리고 지문에 새겨진 음각의 비수라도 볼 수 있을
것입니다 묵서의 밤은 휘어지고 외등 출렁거립니다 흘러간

낱말처럼 환절에서 사라진 기억만 남을 것입니다 빛의 제물
로 바쳐져 안개의 시선에 들지 못한 것을 탓할 겁니다

　통점 우묵히 찾아든 들판은 마른 잎들, 낙과를 품으려 내
려서고 있습니다 낙화의 비명을 다 듣지는 못했지만, 분분하
던 꽃잎 말라 간 것으로 이미 알 수 있지 않을까 합니다 눈
과 햇살과 별이 빛나는 것을 기적이라고 더는 믿지 않게 될
것입니다

　정적보다 되살아나는 냉기 고요한 떨림이 더 두려울 겁
니다

　붉은 상처의 노을은 어둠에 묻혀 가 한대寒帶의 음울 속으
로 떠납니다

　후생의 싹을 지우며 무연의 비밀 속에서 깊이 지내게 될
것입니다

　방향을 잃고 흩어져 짧은 소풍이 끝나 가고 있기 때문일
것입니다


　뜨겁고 잔인한 사서四序의 끝으로
　주검의 간언이 하얗게 불타고 있습니다

# 무명의 등을 걸고

해묵은 바람이 서성거리는 문밖에 있다
멀리서 걸어온 질문은 시린 날에 걸어 두어야 했다

나란한 어깨를 겯고 두런대던 식구들 떠나고
슬픔을 함부로 꺼내 볼 수 없다

고샅길 발소리를 잊고
한 철을 또 보낸다
흔들리는 마른 풀잎처럼
길을 뒹구는 그늘을 밀어내고 있다

어둠은 오지에 내려서고
몸 간절한 깊이로 밀려온다

무서리는 달빛 넘치는 대숲
그림자를 밟고
마당을 두리번거린다

희뿌연 그늘을 물들이며
하늘로 치솟던 검은 새들 떠나고

\>

처마 끝 어둠이
밤새 녹아내렸다

# 골목

별꽃 환한 새벽
하늘 더 가까운 언덕
기울어 사는 재개발지구

깜깜하게 엉긴 이웃지붕 잇닿아 있다

어깨를 기대어 나란한 시든 민들레처럼 고개를 꺾어
낡은 풍경으로 잠들어 있다

들끓던 하루에 팍팍해진 건가 보다
비바람에 시달린 시름으로 삐걱거렸는가 보다
낮달의 허리를 안고 잠겨 있나 보다

열뜬 밤의 이마를 짚어 주는 손길이 쌓여
홍예의 뼈대같이 골목은,
불꽃같이 튼튼해졌는가 보다

제5부

# 개망초

여백은 미동조차 없다

설산의 종소리, 홀몸으로
든 구름 같다

불후不朽를 오래 사랑한 것인지
전장의 화염에 휩싸였던 것인지

겹겹의 꽃대 아래 흰 그늘을 두고
비명도 없이 흔들린다

이슬이라도 내려야 빛나던
새벽처럼

자서自序가 없는 시집詩集같다

# 석중안익夕中雁翼*

무성영화처럼
적막을 덮은 가을
빈 들 위로 날개를 펼친다

제상을 물리자
엄숙한 의식이 빠져나가던 것처럼

연명에 매달려 온
늦가을 저녁은
느린 시간에 걸쳐 있다

자시子時에 매단 뿔처럼
홀로 빈 벽에 내걸린 서각書刻의 화제畵題만 남는다

　저녁을 가르는 풍경의 뒷모습이 파랑의 언덕을 닮았다
　홀로 품격을 말하려는 것인지 거친 양각의 정방향으로 몰
려가는 기러기 떼

　그믐 달빛 한가운데에 빠져
　어둠의 깊이를 벗어나지 못한다

날갯짓이라도 어두운 하늘에 새겨 두려는가

게눈처럼 살피던 능선을 따라 환하게 지던 별빛의 소실점과
시린 밤 비추던 하현을 가르며
삼엄한 겨울, 떼 지어 날고 있다

• 석중안익夕中雁翼: 저녁 가운데로 날아가는 늦가을 기러기 떼를 표현
  한 서각書刻 작품의 제목.

# 봄을 살고 겨울로 가고

눈에 익은 길은 문을 닫고 잠들어 있습니다

그늘 핀 우물처럼 깊은 집. 음울의 쐐기 박힌 마당에
뒹구는 저녁 어둠이 달빛에 지워지고 있습니다

문을 나서지 못한 숨결도 창에 갇혀 있습니다

덜컹거리는 계절은 주인을 잃은 시름의 흔적에 있습니다

기운 처마 밑 문패는 바람 없는 풍경風磬 소리
달빛 침묵을 베고 있습니다

모음이 없는 행간의 뼈마디에는
묵음이 녹아내리고 있습니다

애월涯月로 밤을 몰아 떠난 만월의 어둠 속, 그
뒤란을 부르던 그림자의 손짓들
속도에 뒤쳐진 메아리만 빈방에 가득합니다

창의 눈이 닫히고

밤 구름이 일렁거리고
자벌레의 더듬이는 가시로 돋아났습니다

다 울지도 못한 봄날
허물 벗고 떠난 그녀 집은
겨울에 머물고 있습니다

대문을 움켜쥔 마당의 모서리가
앞섶 풀어진 듯 기울어집니다

방향을 잃은 어스름이
시린 계절로 들어서고 있습니다

# 무섬

골짜기의 말이 더 깊어지고 메마른 손이 귀를 덮어 기척 끊어진 길, 소리 서늘해지는 계절에 들었다

공포恐怖 없이 타오르던 검붉은 광배가 허공 끝에서 쏟아져 내린다 저물 무렵 지천에 꽃 무리 숨어든 무섬에 함께 들었다 능선처럼 어우러진 맞배지붕, 기품 든 마당은 어스름이 발소리에 갇혀 있다 무너진 기적처럼 여울의 흐린 물빛만 고적하다

바삐 나선 외길, 교각에 남겨진 부재의 흔적인가 흰 햇살은 되돌리지 못한 몸, 어둠으로 빠져들고 있다 두렵던 어제와 은거에 든 오늘, 그리운 것들로 메워진 무섬의 모래바람 속을 이른 별빛이 서성거린다

적막의 강을 거슬러 오르던 달빛과 무성한 소문의 내력을 가늠하는 무성無聲의 타래를 더듬으며, 강은 옷섶이 붉게 물들어 가고 있다 잿빛 구름으로 부려 놓지 못한 하현 달빛이 소신燒身의 허물처럼 불타는 어두운 숲의 뒷모습이 뒤척인다 샛강은 암전으로 일렁이고, 강 그림자를 밀고 당기던 물잠자리는 비수의 빗소리에 길을 떠났다 발끝에 채는 벌레 울음이

먹감의 방죽을 서둘러 휘돌아 나가고 있다

섬 사이 벼랑 깊은 그늘로 늦가을은 맵찬 비를 맞고 있다

물이랑, 긴 외다리를 바삐 건너가고 있었다

# 봄, 날다

눈(雪) 쌓던 나무들
언 마음을 녹여
꽃이 되는가 보다

전율하는 바람도
붉은 대지로 내달리고

팽팽하던 겨울 강은
속수무책의 길을 내고

그늘도 발을 거두고

푸른 하늘, 향기로 덮고

훨훨 넘치는 꽃가지 열매들
끝없이 쏟아지도록

아지랑이도 피워
빈 들에 피가 돌도록

\>

빈 곳간, 논밭에도
봄비를 꽉 채우는
봄날은

그렇게 날고 있었다

# 귀소歸巢

　공명을 가득 채운 동굴처럼 흰 꽃 출렁거리는 슬픔의 바깥[*]에는 시린 바람이 들어서고 있습니다. 낮은 언덕처럼 어깨는 가시처럼 돋아난 햇살 따갑던 오후였습니다

　늪의 바닥을 박차고 마음 떠나보내려 새 떼 분주한 여름의 끝 날이었습니다 등뼈 두드러진 파형의 그늘진 길로 허연 낮달이 들고 있었습니다 패인 바닥에 눈(眼) 꽂힌 바퀴는 무심한 백지처럼 굳어지고 있었습니다 바퀴에 흩뿌려진 꽃잎이 더는 뒤척이지 못합니다 바퀴 쓰러진 길에서 묵묵히 마음을 다지는 중인가 봅니다 아직 남은 볕으로 저물어 가며 닿지 못한 그림자가 되어 갑니다 환한 어둠의 병실에 갇혀 겨울 숲처럼 얼음의 통점 가운데에서 깊이 박혀 있었습니다 매듭을 풀지 못하고 투명한 외줄에 매달려 빨래처럼 몇 날을 펄럭였습니다 붉은 형광등 아래, 그늘 피하지 못한 먼지처럼 누워 있었습니다

　소리를 잃은 물의 시간으로 곧 떠나갈 것입니다 저녁 바다의 적막에 든 섬처럼 어둠 덮여 갈 겁니다

　기운 저녁, 연기처럼 풀어진 소식에 몇 밤이 새도록 가라

앉지 않은 슬픔이 남았습니다 농담을 사이에 두고 그녀와 오래 쌓아 온 시간이 더 시린 때문입니다

갈변한 마음은 먼 이야기 속에 내려놓고, 날마다 마음 베일 때, 시린 마음도, 소란한 일과를 떠나갈 것입니다. 별빛의 씨앗이 되어 밤마다 찾아들 것입니다 하현이 만월로 가듯 떠나간 빈자리의 아침마다 다문 붉은 입술로 돋는 햇살처럼 파랑으로 스며들기를 바라 봅니다

상처를 밟은 밀물이 오래도록 내게 떠밀려 올 것입니다

* 신철규 시인의 시 『슬픔의 바깥』을 차용함.

# 이윽고 바다에 닿는다

눈(雪)은 땅에서 완성되지 않았다 물음표를 수없이 달고 있지만 지상에서 시들고 멀어지는 뒷모습. 환한 발자국을 따라 메울 수 없는 구멍으로 빨려 들어간다 막차를 기다리는 정류장의 가등街燈처럼 깜빡거리며

배를 드러낸 채 떠 있는 물고기의 비늘처럼 풍경은 막막하게 잉태된다 호흡할 때마다 서로의 가슴에서 녹아내리고 부적확한 낱말처럼 더듬거린다 잉크를 흘려 번지던 세면대에서 서로에게 낯선 냄새가 퍼지는 그날처럼

서로를 알아볼 수 없는 투명한 웃음 속으로 떨어진다 태어난 행성에서 먼 지구의 정착지를 선택한 때문인지 알 수 없다 슬픔은 무한의 불모지를 만들어 가기 때문인지 더욱 알 수 없었다

날마다 겹쳐지고 끊어지던 유성우는 컴컴한 밤에도 환하게 사라지는 기억에서 살아갈 뿐이다 잃어버린 얼굴이나 빙하에 갇혀 어둡던 영혼의 자락. 몸 씻은 달빛을 닮는 날처럼……

>

바다의 입술에서 돋아나던 해변의 검거나 흰 모래들같이
가까이 있었지만 어울리지 않았던 지난 이야기는 어떤 차
경借景을 만나 떠났을까

들썩이는 하늘을 따라가면 달은 어디로 숨을 수 있었을까

시선의 끝에서 바라보면 끝날 것 같은 어제의 바다, 소나
기 지난 뒤 날염한 색깔이 바뀌고, 솟구치고 뛰어내리고 한
생을 뒤엎고, 새벽이면 다른 몸을 껴안고 지치지 않는 파도
속으로 떠나던 빈 배처럼


시퍼런 겨울에도 파도의 힘은 큰 산 너머 노을로 건너가 안
기는 어둠을 닦으려 한다 꽃 진 붉은 길을 따라서 흰 햇살이
몸 두드리는 아침이 떠간다


익숙한 것은 제사의 뒷날처럼 허전한 몸을 휘감고 있다 마
당까지 삼킨 땅거미, 더 깊어지고 빈집 추녀를 받친 묵은 연
기는 허물어진다 허전하고 텅 빈 길에 매달려 있던 기운 언덕
위 골목들 나란하다


밤 그늘은 주검을 눕혀 놓고, 둥둥 뜬 하늘을 받쳐 덜컹거
리는 바다로 닿으려 간다

# 바람은 꽃을 기다리고

꽃말의 목을 이젠 부러뜨려야 하나요? 눈 감은 혼몽을 꾸게 될 시간이 온 것인가요?

제 몸을 빛내던 것들은 찢어지는 바람에 심장을 맡겨야 하나요? 타오르던 불 속에서 매만져 온 치욕의 자투리여서 바람이 몰려오기 전에는 거두어야 하는가요?

몸 둘 곳 없는 품석品石에 슬픈 노래만 울리는데, 소생은 기원하지 말아야 하는가요?

다스리지 못한 노래의 여운은 그만 잃어버려야 하나요?

비구름은 몰려가고 찬란하게 헤엄치던 별이 간절한 뭍으로 떨어지며, 굳게 입을 닫고 있네요. 미행이나 미답은 아니라지만 마주쳤던 적 없으니, 파도는 서로의 눈빛에서 일렁거리는 것인가요? 꽃향기를 따라나선 손을 뿌리치며 묘연해진 기억도 떠올려 보겠지요 사라지지 않는 통증도 숨었던 건 아닐까요? 휘파람이 밤새 얼었던 눈물을 달고 새벽마다 창에 쉼 없이 툭툭 떨어졌어요 머리를 묻은 끓어오르는 성지聖地였거나, 증오하던 햇살이 빚은 소금밭. 타오르던 화구의 새벽은 수평선을 검붉도록 베고 있어요 먼곳으로 떠나 돌아오지 않는 날이 많았지만, 회귀선에 머문 검은 구름의 비명이라고 믿어요 산산조각 난 바람의 이름을 기다리는 일인 때문이죠.

지평선에서 웃고 있는 너에게 던진 말들이 돌아오지 못한 슬픔이 묻어 있네요 아득한 전생을 버려야 하나요? 윤곽을 지우는 그림자가 되어야 하는가요? 그늘에 매달린 얼굴을 잊으리라 마음 두어야 하나요?

어디에 도착하려는지 더 멀리 떠나간 방향의 반대로 서서, 홀로 벽을 바라보는 거울은 조심스러울 필요가 없겠죠 뒤를 돌아보지 않는 잠으로 빠져들 수 있을 테니까요

비추는 것이 아니라면 비켜 가는 것이 무리한 선택은 아니겠지요

꽃 같은 시절이 가지는 최선의 기회는 아니던가요

기다림 위에 놓였던 가을처럼 위태로운 것이니까요


문장紋章이 된 바람처럼 뼈 없는 눈빛만 거리를 떠돌고 있네요 무한화서無限花序의 결말이 봄이 아니라면, 불화의 문장을 떠나보내는 것 같아요 그런 밤을 샌 아침은 나무들 사이에 몸을 일으켜 거세한 숲으로 천천히 걸어가요 그때는 너무 늦은 이별이 오로지

슬픔을 위한 인사가 되겠지만 말이죠

# 불문부답 不問不答

두서없는 편지 같다

부픈 열매처럼
이별을 기다리는 검은 몸

비닐은
침묵으로 펄럭거린다

등을 채근하는 바람에
마른 가지도 주억거린다

오래 다져 온 마른 뼈
상처로 내려서는

바람보다 가벼운
적막의
검은 파란

해 설

# 시인이 서 있는 극점
—이하의 시 세계

김윤배(시인)

　　이상에게「오감도」는 이상이 도달한 극점이고, 이육사에게
「절정絕頂」은 그의 시정신의 극점이며, 소월에게「진달래꽃」
은 소월이 도달한 그의 극점이다. 한용운에게는「님의 침묵」
이 극점이고, 정지용에게는「카페 프란스」가 극점이고, 백석
에게는「남신의주 유동 박시봉방南新義州 柳洞 朴時逢方」이 극점
이고, 윤동주에게는「서시」가 극점이고, 김수영에게는「풀」
이 극점이다.
　　극점은 극지의 어느 한 지점을 이른다. 시인들이 거처하는
곳은 사람이 살기 힘든 극지다. 그들은 극지의 삶을 스스로
선택하고 감당했다. 어느 누구도 시인에게 극지의 삶을 강요
하지 않았다. 스스로 선택한 삶이 극지의 삶이고 극지의 삶

을 통해서 도달한 문학적 지점이 극점이다.

극지는 남극이거나 북극이어서 사람이 살아가기 힘든 자연환경이다. 북극의 평균기온은 영하 35도 정도고 남극의 평균기온은 영하 55도 정도다. 북극이 훨씬 따뜻하다. 그래서인지 시인들이 선호하는 극지다. 오로라의 신비로움과 북극곰의 친근함과 북극여우의 귀여움 때문은 아닐 것이다. 그곳은 불굴의 의지와 정신의 강인함과 날카로운 서정과 뼈저린 고독과 외로운 자기소외가 있기 때문일 것이다.

그러므로 시인의 제국은 설국이다. 만년설이 있고 빙하가 있고 유빙이 흐르고 하루 종일 해가 지지 않는 백야가 있다. 설국은 시인의 상상력을 제어할 어떤 것도 용납되지 않는 시인만의 제국이다. 시인이 살아간 시인의 영토는 이처럼 시린 정신과 뜨거운 감성과 처절한 외로움이 얼음 위에 경작된 곳이다.


혹 따스해서 머물고 싶은, 훈훈해서 안아 주고 싶은, 넉넉해서 베풀고 싶은, 부족한 게 없어서 지루한, 보이는 것 모두가 아름다워 황홀한, 이렇게 살아가게 해 주신 신에게 감사하며 풍요로운 삶을 살아가고 있다면 극지에 진입할 수 없는 지극히 비시적인, 반문학적 삶이다.

극지의 삶이라고 모두 극점을 갖게 되는 것은 아니다. 극지의 삶이 뼈를 깎는 고통을 견딜 때 극지는 극점을 허락하는 것이다. 무엇으로 뼈를 깎을까. 우선 치열함이다. 치열하지 않으면 극점을 가질 수 없다. 치열함은 광기다. 광기 없는 시인은 극지의 시인이 아니다. 극지의 시인이 아니므로 극점을 가질 수 없다. 그러나 비스와바 쉼보르스카는 '광기가 없기에 폭발하지 않았고 광기가 없기에 오래 쓰여질 수 있었고 그토록 오래 긴장할 수 있었다'라고 말한다. 광기가 아니라면 긴장이 있어야 극지의 시인이다.

다음은 주체를 잃어버리는 일이다. 다른 말로 하면 자기부정이다. 주체를 잃어버리지 않으면, 자기를 부정하지 않으면 극지의 삶을 향유할 수 없다. 어제의 나를, 내가 이룬 시 세계를 부정할 수 없으면 극지에서 추방된다. 주체의 부정에서 새로움이 있다. 새로움이 없는 시를 누가 읽어 줄까. 새로움만이 극점을 허락한다.

그리고 시대를 읽는 눈이다. 시대를 읽지 못하면 우물 안 개구리다. 이 시대를 읽을 수 있으면 시대정신을 깨닫게 된다. 시대정신은 비타협의 불굴에 닿는다. 타협할 줄 모르는 시정신, 불굴의 시인만이 극지의 시인이다. 비타협과 불굴의 정신이 결국 극점에 이르게 한다. 마지막으로 당대주의의 배격이다. 당대에 시인으로 누리고 싶은 것을 모두 누린다면 극지의 시인은 아니다. 당대에 시로 유명해지길 원하고 시로 권력을 누리고 싶고 시로 싱글 몰트를 마시게 되길 원한다면 결단코 극지의 삶을 영위할 수 없을 것이고 극점에 이르지 못할 것이다. 당대주의는 세속적 욕망과 그 욕망이 반영된 천박한 삶을 살아가게 한다. 극지에 들어갈 수 없는 결정적인 이유다.

피안彼岸의 경험인 '치명적 도약'은 한 번 죽고 한 번 사는 일로서, 본성의 변화를 수반한다. 그러나 그 피안은 바로 우리 속에 있다. 우리는 실제로는 움직이지 않는 상태에서, 우리 밖으로 끌어내는 커다란 바람에 자신이 떠밀리는 것을 느낀다. 그 힘은 우리를 우리 밖으로 밀어내면서, 동시에 우리 속으로 끌어당긴다.

차안此岸의 세계는 상대적인 대립물들로 구성되어 있다. 그것은 설명과 까닭과 이유의 왕국이다. 큰바람이 일어나 인과의 사슬을 끊어 버린다. 이 결과로 자연적, 도덕적 중력의 법칙이 폐기된다. 인간은 무게를 잃고 하나의 깃털이 된다. 하늘은 땅이 되고, 땅이 하늘이 된다. 도약은, 텅 빔이나 충만한 존재로 향한다.

이처럼 치명적 도약으로서의 피안은 본성의 변화를 요구한다. 그 피안은 바로 시인들 가슴속에 있다. 상대적 대립물들로 이루어진 차안의 세계는 인과관계의 사슬을 끊어 버리는 세계다. 시인이 가벼워질 수 있는 세계여서 사물들이 도치되거나 전복된다. 이런 것들이 시인과 사물의 관계지움이다.

극점에 이른 시란, "시가 앎이고 구원이며 힘이고 포기인 시, 이 세계를 드러내면서 다른 세계를 창조한 시, 선택받은 자들의 빵이자 저주받은 자의 양식이 된 시, 권태와 고뇌와 절망인 시, 기도이며 탄원이고 현현이며 현존인 시. 악마를 쫓는 주문이고 맹세이며 마법인 시, 무의식의 승화이자 보상이고 응집인 시, 계급과 국가, 인종의 역사적 표현이면서 역사를 부정하고 있는 시, 경험이며 느낌이고 감정이며 직관이고 방향성이 없는 사유인 시, 세련된 형식을 사용하지만 원

시적 언어로 씌어진 시, 광기이며 황홀경이고 로고스인 시, 민중의 목소리이자 선민의 언어이고 고독한 자의 말로 된 시"를 이른다. 그러나 시란 순수하면서 순수하지 않고, 신성하면서도 저주받았고, 다수의 목소리이면서 소수의 목소리이고, 집단적이면서 개인적이고, 벌거벗고 치장하고, 말하여지고, 색칠되고, 씌어져서 천의 얼굴로 나타나지만 결국 "인간의 모든 작위의 헛된 위대함에 대한 아름다운 증거를 숨기고 있는 가면"인 것이다.

시에 대한 정의는 불가능하다는 게 정설이기는 하다. 왜냐하면 시가 무정형의 유기체인 것은 사실이기 때문이다. 무정형의 유기체를 정의하는 순간 시는 정형으로 갈 수밖에 없고 정형의 시를 시라고 정의한다면 그 정의는 시의 어느 단면을 말하는 것이 된다.

그럼에도 불구하고 옥타비오 파스의 시에 대한 생각은 흥미롭다. 그는 '시편은 인간의 모든 작위의 헛된 위대함에 대한 아름다운 증거를 숨기고 있는 가면'이라고 말하고 있다. '인간의 모든 작위에 대한 헛된 위대함'이라는 표현은 시가 인간의 작위와 헛된 위대함 사이에 놓인다는 말에 다름 아니다. 이 말을 좀 더 확대하면 모든 예술은 인간의 작위적인 행위이며 헛된 위대함을 꿈꾼다는 말이 된다. 시도 음악도 그림도 예술가의 작위의 산물이다. 작위가 아니라면 자연의 소리거나 자연의 빛깔이거나 자연의 자연 그대로의 모습일 것이다. 자연을 예술이라고 말하지는 않는다. '아름다운 증거를 숨기고 있는 가면'이라는 표현은 앞에서 말한 헛된 위대함에 걸리는 문장이다. 헛된 위대함에 대한 증거는 아름다운 것이며 시는 그 증거를 숨기고 있는 가면이라는 말이다. 시가 반향과 울림을 가지는 것은 아름다움 때문이고 난해해지는 것은 증거를 숨기고 있는 가면이기 때문이다.

이제 시는 앎이고 구원이며 힘이고 포기이며, 선택받은 자들의 빵이자 저주받은 양식일 때 시의 양식은 권태와 고뇌와 절망이라는 그의 말도 틀린 말은 아니라는 생각이 든다. 시는 기도이고 탄원이며 현현이고 현존이며, 악마를 쫓는 주문이고 맹세이며 마법이라는 그의 말은 편견은 아닐 것이다.

시를 소박하게, 경험이며 느낌이고 감정이며 직관이고 방향성이 없는 사유라고 말하면 쉽게 이해될 것이지만 시가 우연의 소산이자 계산된 결과물이고 세련된 형식을 사용하여 표현하는 기술이자 원시적 언어인 것은 분명하다.

시가 선택받은 자들의 빵이기는 하지만 그 빵은 저주받은 양식이어서 이때의 양식은 권태와 고뇌와 절망임을 알아야 할 것이다. 그러나 시는 광기이며 황홀경이고 로고스여서 시마詩魔에 들기도 하고 시의 늪에서 헤어 나오지 못하고 익사하기도 하는 것이다. 시참詩讖이라는 말은 시인들에게는 피해 가고 싶은 말일 것이다.

옥타비오 파스의 언표 중에서 서로 모순처럼 읽히는 다음 글에 방점을 찍는다. '시는 순수이며 비순수이고 신성하며 저주받았고 다수의 목소리이며 소수의 목소리이고 집단적이며 개인적이고 벌거벗고 치장하고 말하여지고 색칠되고 씌어져서 천의 얼굴로 나타난다'는 그의 말은 시에 대한 우리들의 생각을 열어 놓는데 일조하고 있다.

가령 아름다운 풍경이나 아름다운 사람이나 아름다운 사건은 쓰여지지 않은 시다. 여기서 아름답다 함은 그 본질이 아름답다는 뜻이라는 걸 잊어서는 안 된다. 일상생활을 통해서 우리들은 우연의 응축이거나 창조적 의지이거나 시적인 정황과 만나게 된다. 여강 지나는 길에 여강의 물결을 보고 전율을 느꼈다면 그건 우연의 응축일 것이고 여강을 시로 쓰기 위해 하루종일 흐르는 여강을 보고 있었다면 그건 창조적 의지다. 지금 이 순간에도 여강은 쓰여지지 않은 시로 여주를 휘돌아 나가고 있다. 씌어지지 않은 시가 무정형의 상태라면 쓰여진 시편은 시인에 의해 창조된 일어선 말이고 일어선 시정신이다.

시의 본질을 말하려면 먼저 횔덜린을 떠올리게 된다. 그는 어머니에게 보낸 편지에서 시작을 '온갖 일 가운데서 가장 결백한 일'이라고 말하고 있는 것을 본다. 시작이 어째서 온갖 일 가운데서 가장 결백한 일일까. 시는 역사도 혁명도 아니다. 시는 세상을 변화시키지도 못하고 가난한 사람을 구제하지도 못한다. 시작은 언어의 유희라는 겸손한 모습으로 나타난다. 이는 언어의 순수성이라고 보아야 한다.

김수영은 언어의 윤리는 언어의 순수성이라고 말한 바 있다. 그는 현대시에 있어서의 언어의 순수성이 현대사회에 있어서의 시인의 순수 고독과 동의어의 관계에 있다고 말한다. 시인이 이행하고 있는 언어의 순수성이 사회적 윤리와 인간적 윤리를 포함할 수 있을 만한 적극적인 것이어야 한다고 주장한다.

언어의 순수성이 시인의 순수 고독과 동의어라는 것은 존재의 순수성과 존재의 절대성을 말하는 것이다. 고독은 존재자와 사물들과의 거리를 말하는 것이므로 세계 내에서의 존재며 그것은 실존을 의미한다.

시작은 모든 예술이 그러하듯 놀이고 즐거움이다. 시 쓰기의 고통이 있다고는 하지만 한 편의 시를 쓰고 난 후의 희열에 비하면 얼마든지 감내할 수 있는 고통이다. 시작은 어떤 제약도 규제도 없는, 시인의 완전한 자유의지의 행위다. 상상의 세계를 실현한 시인의 세계이며 작은 우주다. 시인에게 시에 대한 책임을 묻는 사회는 억압의 사회며 시인을 박해하는 국가는 통제와 공권력의 폭력성이 일상화된 비정상적인 국가다.

횔덜린은 1800년에 쓴 산문에서 '언어는 온갖 재보 가운데서도 가장 위험하다고 할 만한 것'이라고 경고한다. 필화라는 말과 설화라는 말이 있다. 두 말 모두 언어의 위험성을 지적하는 말이다. 언어가 인간에게 재보임에는 틀림없다. 언어는 문화이고 문명이고 역사이고 민족이기 때문이다. 그런 언어가 위험한 재보라는 것이다.

언어가 위험 가운데서도 가장 위험한 재보라 함은 언어가 위험의 가능성을 제공하는 것이기 때문이다. 위험이란 존재와 존재자 사이에 긴장을 불러오는 불편한 관계라는 뜻이다. 언어가 존재의 집이라면 모든 존재는 인간이라는 현존재를 자극하고 위협한다. 언어가 인간을 기만하는 일은 허다하다.

언어가 저속해지고 비천해지는 이유다. 언어가 비천해지면 존재 상실의 위험성이 커지고 존재자를 작품 속에 현현하는 데 순수성과 진정성이 결핍되는 것이다. 시인에게 시편이 남루하고 천박하게 되는 것보다 더 위험한 일은 없다.

시의 생명력은 시인의 역사의식과 시정신에서 온다. 역사의식은 인간의 역사적 자각으로서 주체적 실천 의식을 바탕으로 하기 때문에 특히 위기의식이라 말하고 있다. 외침과 분단과 동족상잔과 독재정권과 이념과 남남갈등과 천민 자본의 문제 등은 역사의식의 문제다. 통일과 화해와 혁신과 사회적 약자와 생명과 삶의 질의 문제 등은 시대정신의 문제다. 역사의식과 시대정신과 위기의식은 시 속에 절규성으로 나타나야 한다. 시의 절규성은 역동성에 닿고 역동성은 시의 생명력을 담보하게 되는 것이다. 시의 절규성이 사라지면 시가 왜소해지고 사소해질뿐더러 시적 긴장이 풀려 느슨한 시가 되기 쉽다.

시정신은 시의 뼈대다. 거친 시문은 용서받을 수 있어도 시정신이 없는 시는 용서받지 못한다. 시정신이란 부정 정신과 연민 의식이다. 부정 정신은 혁명과 닿는다. 시대에 대한 부정, 부도덕한 권력에 대한 부정, 완벽한 자유가 아닌 자유에 대한 부정, 신자유주의에 대한 부정, 불평등과 소외에 대한 부정, 사회적 양극화에 대한 부정, 부의 편재에 대한 부정, 문학 권력에 대한 부정, 화석화된 상징체계에 대한 부정, 자신의 문학적 성과에 대한 부정, 어제 쓴 시에 대한 오늘의 부정이 필요한 것이다. 깨어 있는 의식이 깨어 있는 시를 쓰게 한다.

또한 연민 의식은 사랑의 다른 표현이다. 시인은 가슴이 뜨거워야 한다. 연민은 안타까워하는 마음이다. 안타까움이야말로 사물을 껴안는 힘이다. 사물과의 안타까운 만남이 감흥을 일으키고 전율을 느끼게 한다. 그것이 모티프가 되어 순간의 성화를 가능케 한다. 시는 순간의 성화다. 모든 사물은 시로 쓰여지는 순간 성스러워지며 영원한 생명을 얻게 된다.

순간의 성화에는 시인의 어법이 문제가 된다. 감동을 주는 어법, 간결한 어법, 힘 있는 어법이 순간의 성화의 요체다.

이하의 시가 이러한 시의 본질에 얼마나 접근하고 있는지가 중요하다. 그의 시는 삶과 죽음의 의미를 천착한다. 시인의 숙명이기도 하다. 삶의 문제를 제시하고 있는 작품은 「골목」「공휴일」「대하소설」「돌」「무섬」「무명의 등을 걸고」「밥」「별지목록」「빈집」 등이다.

별꽃 환한 새벽
하늘 더 가까운 언덕
기울어 사는 재개발지구

깜깜하게 엉킨 이웃지붕 잇닿아 있다

어깨를 기대어 나란한 시든 민들레처럼 고개를 꺾어
낡은 풍경으로 잠들어 있다

들끓던 하루에 팍팍해진 건가 보다
비바람에 시달린 시름으로 삐걱거렸는가 보다
낮달의 허리를 안고 잠겨 있나 보다

열뜬 밤의 이마를 짚어 주는 손길이 쌓여
홍예의 뼈대같이 골목은,
불꽃같이 튼튼해졌는가 보다
　　　　　　　　　　　　　　　—「골목」 전문


　이하는 이 작품으로 재개발지구의 아픔을 노래한다. 시의
시간적 배경은 새벽이다. 재개발지구는 비탈진 곳이어서 하
늘에 더 가깝다. 다닥다닥 붙어 있는 지붕들은 깜깜하게 엉
켜 있다. 마치 시든 민들레처럼 고개를 꺾어 낡은 풍경을 연
출하고 있는 것이다.
　그 모습을 보는 시인은 들끓던 하루가 팍팍해진 것인가 보
다 생각하고, 비바람에 시달린 시름으로 삐걱거렸는가 보다
생각하고, 낮달의 허리를 안고 잠겨 있나 보다 생각하고, 열
뜬 밤의 이마를 짚어 주는 손길이 쌓여 홍예의 뼈대 같이 골
목은 불꽃처럼 튼튼해졌는가 보다 생각한다.

등꽃 그늘 아래 묶어는
휴일 오후의 햇살에 빈 몸을 내맡기고 있다

덜컥이던 심장으로 강물이 넘쳤는지

연신 토하는 기침을 뱉고
인연 깊은 곡차를 채운 어항의
물고기로 그는 떠 있다

바다을 보인 잔을 벤치에 올려 두고
알 수 없는 독경에 꽃그늘이 흔들린다

상처 입은 봄날은
봉인 풀린 풍경처럼 출렁거린다

젖은 근심을 내다 말리려는지
부산한 주머니에서 건져 올린 구겨진
지폐 몇 장, 마른 잎처럼
여울을 찾아 뒤척이고 있다

—「공휴일」 부분

　그는 어항에 떠 있다. 죽은 금붕어일 수도 있다. 그는 빈
잔을 벤치에 올려 두고 망중한이다. 아니다. 그는 독경을 하
는 중이다. 꽃그늘이 흔들리는 것으로 알 수 있다. 그의 정수
리로 들어찬 봄날은 파도의 위태로운 풍경처럼 출렁이는 중
이다. 근심을 내다 말리려는지 주머니 속의 지폐 몇 장이 마
른 잎같이 뒤척이고 있다.

　북천을 건너기 전까진 산맥 저 너머 강물에 몸을 버리던 바
　람으로 걸었다 골짜기를 건너지 못한다면 댓바람을 타고, 동

해의 해당화로 피어 해풍의 젖은 눈꺼풀을 적시고 싶다 해바
라기가 되어 양지의 푸른 햇살만 받고 있어도 좋겠다 밭고랑
에 단비로 들어 짙푸른 풀, 물관에 숨어 사는 비린 바람 흔드
는 허전한 소리가 되어도 좋겠다

—「대하소설」부분

그는 바람으로 걸었다고 고백한다. 바람처럼 정처 없이 떠
돌았다는 말이다. 젊은 날의 삶이 신산했다는 말이기도 하
다. 동해의 해당화로 피어 젖은 눈꺼풀을 적시고 싶은 그다.
아니면 해바라기가 되어 양지의 푸른 햇살을 받고 싶기도 하
다. 아니면 밭고랑에 내리는 단비로 비린 바람 흔드는 소리
가 되어도 좋겠다고 노래한다.

신화는 해진 표지의 테두리를 벗어나지 못한다 붉은 가사를
걸친 금존불처럼 무념무상. 선정에 든 노을이 되어도 좋겠다

—「대하소설」부분

준령을 넘어가는 강이 있다. 강의 물결은 알 수 없는 미몽
이기도 하고 청각을 잃고 몸의 기억을 따라가는 물결이기도
하다. 북천을 건너기 전까지는 산맥 넘어 강물에 몸을 버리던
바람처럼 걷기도 했다. 만약 골짜기를 건너지 못한다면 동해
의 해당화로 피어 해풍을 적시고 싶은 것이다. 아니다. 해바
라기로 양지의 푸른 햇살을 받는 것만으로 좋을 것이다. 아니
다. 밭고랑에 단비로 내려 짙푸른 풀잎에 숨어 살며 바람 흔

드는 허전한 소리가 되어도 좋겠다고 고백한다.

신화는 오래된 책의 낡은 표지에 묶여 있다. 이 시간은 무념무상, 선정에 든 노을이어도 좋겠다는 것이다.

문에 몸을 지탱한 것은 삭은 쇠못의 안간힘이라 믿을 수 없다 긴 낮과 어둠을 건너 남루해진 몸 감싼 옷자락이었을지 모른다 탐닉에 빠진 시선만 기억한다 비늘을 한 장씩 들추며 질주하는 눈빛은 찰나에 빠져들던, 밤 밝히던 꽃그늘이 지는 새벽이나, 회환의 날을 간직한 경전의 활자가 되어도 좋다 머금었던 말은 표제 없는 서사로 지내도 좋겠다

타클라마칸의 모래는 경전의 지명처럼 귀에서 무너지고, 그림자의 간극이 허기를 달래 줄 눈을 공글리고 있다

강의 너울을 헤치다 바위에 부딪혀도 울분 솟구치던 모난 때도 있었다 매일 부풀려지던 봄날 볕을 움켜쥐려 내달린 적 오래다 강물 휩쓸려 삭은 등걸이 되고 겹겹이 싸인 능선의 검은 눈처럼 어두워진다 꿈꾸던 날이 지평 너머로 가는 노을을 바삐 뒤쫓아 가고 있을 뿐……

—「대하소설」부분

문에 몸을 지탱하는 것은 삭은 쇠못의 안간힘이어서 불안하다. 긴 낮과 어둠을 건너 남루해진 몸을 감싼 옷자락이 화자일지 모른다. 탐닉에 빠져 있던 내 시선을 기억한다. 질주하는 눈빛은 찰나에 빠져들던 꽃그늘 지는 새벽이나 회한의

날을 간직한 경전의 활자라도 좋을 것이다. 가슴이 묻었던 말을 표제 없는 서사로 간직해도 좋을 것이다.

타클라마칸의 모래는 경전의 지명처럼 기억에 남지 않고 역사의 그림자만 허기를 달래 줄 눈빛을 보인다. 지난날 강여울 건너다 바위에 부딪혀 울분으로 솟구치던 모난 때도 있기는 했다. 오래전 봄볕 움켜쥐려고 내달린 적도 있지만, 강물에 휩쓸려 삭은 등걸이 되고 능선의 눈처럼 어두워졌다. 꿈꾸던 날들은 지평 너머로 가는 노을을 바삐 뒤쫓아 가고 있을 뿐이다.

골짜기의 말이 더 깊어지고 메마른 손이 귀를 덮어 기척 끊어진 길, 소리 서늘해지는 계절에 들었다

공포棋包 없이 타오르던 검붉은 광배가 허공 끝에서 쏟아져 내린다 저물 무렵 지천에 꽃 무리 숨어든 무섬에 함께 들었다 능선처럼 어우러진 맞배지붕, 기품 든 마당은 어스름이 발소리에 갇혀 있다 무너진 기적처럼 여울의 흐린 물빛만 고적하다

바삐 나선 외길, 교각에 남겨진 부재의 흔적인가 흰 햇살은 되돌리지 못한 몸, 어둠으로 빠져들고 있다 두렵던 어제와 은거에 든 오늘, 그리운 것들로 메워진 무섬의 모래바람 속을 이른 별빛이 서성거린다

적막의 강을 거슬러 오르던 달빛과 무성한 소문의 내력을 가늠하는 무성無聲의 타래를 더듬으며, 강은 옷섶이 붉게 물

들어 가고 있다 잿빛 구름으로 부려 놓지 못한 하현 달빛이 소
신燒身의 허물처럼 불타는 어두운 숲의 뒷모습이 뒤척인다 샛
강은 암전으로 일렁이고, 강 그림자를 밀고 당기던 물잠자리
는 비수의 빗소리에 길을 떠났다

—「무섬」 부분

해묵은 바람이 서성거리는 문밖에 있다
멀리서 걸어온 질문은 시린 날에 걸어 두어야 했다


나란한 어깨를 겯고 두런대던 식구들 떠나고
슬픔을 함부로 꺼내 볼 수 없다


고샅길 발소리를 잊고
한 철을 또 보낸다
흔들리는 마른 풀잎처럼
길을 뒹구는 그늘을 밀어내고 있다


어둠은 오지에 내려서고
몸 간절한 깊이로 밀려온다


무서리는 달빛 넘치는 대숲
그림자를 밟고
마당을 두리번거린다


희뿌연 그늘을 물들이며

하늘로 치솟던 검은 새들 떠나고

처마 끝 어둠이
밤새 녹아내렸다

                          ─「무명의 등을 걸고」 전문


뼈마디에 박힌 사리를
내려놓을 때다

소신공양의 다비로
끝마칠 때다

삼계三界를 건널 때에도
뇌우에 혼절한 염천에도

화두에 함께 든 노심초사
두터운 손길의 도반이 있어
묵언수행을 견딜 수 있었다

가난한 목구멍을 메우고 뭇 새들
빈속을 채우는 쭉정이어도
빈 들에 잘 익은
거름이 되어도 좋다

                          ─「밥」 부분

오늘 밤에도 주검은 제집에서 썩어 갈 수 없어, 앰뷸런스에 오른다. 뒤돌아서지 못하게 트렁크는 세차게 닫힌다 지나치는 풍경을 더는 바라볼 수 없게, 두려운 창문을 닫는다 선팅을 하고 불투명해진 눈으로 울부짖으며 달린다

눈빛을 피한 불안한 어둠이 남았다 온기를 빼앗긴 발톱을 감추어야 한다 털 없는 손은 시리다 목을 세운 장화 속에서 툴툴거리는, 오늘의 아침 인사는 질척거림. 풀리지 않던 오늘의 일기는 늘어진 밤의 목을 당겨 본다 긴·꼬·리·여·우· 원·숭·이

지루해져서 눈은 더 멀어진다 예보를 비켜 가는 날씨 앱은 목록에서 지운다

휴일 아침. 방에 누워 벌처럼 몸을 비빈다 표피의 각질이 우수수 떨어지도록, 윙윙…… 온몸으로 휘파람을 분다 문은 울고, 뼈마디가 닿는 시간은 비명인 것을, 아직 모른다

환유는 구부러져 "통증이 없다"라고, 생각한 적 있다 직유처럼 단정한 뼈를 갖지 못한 탓이라 단념한다 반짝이지 않는 건, 없는 것. 비 오는 어제부터 갠 오늘까지. 지루하거나 빠른 것은 기억이 된다 무릎은 어제의 길을 오늘 다시 지나친다

비 맞은 우산은 불투명한 껍질 속으로, 둥글게 아픈 몸을 말고 쓰레기통에서 비밀이 된다 축축한 날마다 갈비뼈를 펼쳐, 페티시에 필요한 날씬한 몸으로 다시 태어난다 손아귀는

불편한 단어지만 구부러진 손잡이는 모멸에 가깝다. 상품의 표기처럼, 규범을 감춘 손바닥이 가려져 "지금"은 여전히 미확정

겨울이나 여름에 있어 서두르는 사람들. 가을과 봄, 비 오는 오후에 흐려지는 시선들, 일정한 간격의 비를 맞고 있다 어깨를 부딪지 않고 행렬을 이루어 속보로 걷는다 믿지 못할 마음을 감추고 예의 바른 문자로 진심을 남긴다 무시無時 무시無視한 무관심한 미소는 바람이 쓸고 간다

혼자 밥을 먹고, 엄마 없는 아이처럼 혼자 놀다, 홀로 잠 못 들어도 외롭지 않은 사람들. 스스로 혼자가 되어도 외롭지 않은 사람들.

퇴화된 귀를 세우지만 입은 자꾸 미끄러진다 목적지를 잃고 두리번거리지 않는 눈. 날씨 얘기로 어색했던 만남은 눈을 감는 저녁에 비로소 완성된다

선글라스로 속내를 가리고, 오늘 메뉴가 연기처럼 하늘로 올라가 버린 걸 후회하는 연인들. 서로의 눈빛이 식어 가는 것. 검고 두꺼운 유리창도 알고 있다는 것. 서로 다른 얼굴을 미리 기대하고 있다는 것.

—「별지목록別紙目錄」 부분

여우비가 내린 여름 오후였다

133

담 너머 수국은 마른 목을 꺾고 있다

흉몽에 일렁이다 선잠 든 바다는
물결 사이에
어린 몸을 품고 있다

낮달이 타는 해를 가려 주고 있다

마당 키 작은 어린 꽃나무
홑이불을 들추는 검푸른 잎맥 어스름 돋아 있다
온기 잃은 꽃그늘, 푸른 발등을 쓰다듬고 있다

마당을 적시는 흐린 등이 짧은 밤을 지켰다

— 「빈집」 부분

「공휴일」 「대하소설」 「무섬」 「무명의 등을 걸고」 「밥」 「별지
목록別紙目錄」 등은 이하의 생명 혹은 삶의 시편들이다. 이 시
편들 속에는 시인의 생명 혹은 삶에 대한 생각이 잘 드러나
있다 하겠다.

북천을 건너기 전까진 산맥 저 너머 강물에 몸을 버리던 바
람으로 걸었다고 고백한다. 골짜기를 건너지 못한다면 댓바
람을 타고, 동해의 해당화로 피어 해풍의 젖은 눈꺼풀을 적
시고 싶다는 것도, 해바라기가 되어 양지의 푸른 햇살만 받
고 있어도 좋겠다는 것도, 밭고랑에 단비로 들어 짙푸른 풀,

물관에 숨어 사는 비린 바람 흔드는 허전한 소리가 되어도 좋겠다는 것도, 시인의 자연에 대한 외경에 다름 아니다. 이하의 잠재의식에는 늘 자연이 있다.

그는 바람으로 걸었다고 고백한다. 바람처럼 정처 없이 떠돌았다는 말이다. 젊은 날의 삶이 신산했다는 말이기도 하다. 동해의 해당화로 피어 젖은 눈꺼풀을 적시고 싶은 그다. 아니면 해바라기가 되어 양지의 푸른 햇살을 받고 싶기도 하다. 아니면 밭고랑에 내리는 단비로 비린 바람 흔드는 소리가 되어도 좋겠다고 노래한다.

준령을 넘어가는 강이 있다. 강의 물결은 알 수 없는 미몽이기도 하고 청각을 잃고 몸의 기억을 따라가는 물결이기도 하다. 북천을 건너기 전까지는 산맥 넘어 강물에 몸을 버리던 바람처럼 걷기도 했다. 만약 골짜기를 건너지 못한다면 동해의 해당화로 피어 해풍을 적시고 싶은 것이다. 아니다. 해바라기로 양지의 푸른 햇살을 받는 것만으로 좋을 것이다. 아니다. 밭고랑에 단비로 내려 짙푸른 풀잎에 숨어 살며 바람 흔드는 허전한 소리가 되어도 좋겠다고 고백한다.

신화는 오래된 책의 낡은 표지에 묶여 있다. 이 시간은 무념무상, 선정에 든 노을이어도 좋겠다는 것이다.

"적막의 강을 거슬러 오르던 달빛과 무성한 소문의 내력을 가늠하는 무성無聲의 타래를 더듬으며, 강은 옷섶이 붉게 물들어 가고 있다 잿빛 구름으로 부려 놓지 못한 하현 달빛이 소신燒身의 허물처럼 불타는 어두운 숲의 뒷모습이 뒤척인다 샛강은 암전으로 일렁이고" 있다는 시문은 '잿빛 구름에 이른 하현달이 부려 놓지 못한 소신燒身의 허물처럼 불타는 숲의 뒷모습을 뒤척인다/ 샛강의 암전을 품고 일렁이고 있다'에 이르러 하현달과 소신과 불타는 숲의 이미지들이 암전을 품고 일렁이고 있다고 어둠을 벗어나려는 의지를 읽게 한다. 생명으로의 지향인 것이다.

죽음의 의미를 천착하고 있는 작품들로는 「동흥 씨 약전에 부쳐」 「낙과를 보다」 「몰락은 눈부시다」 「몽중인夢中人」 「무월舞月에서」 「불문부답不問不答」 「순례 중에 보낸 편지」 「수원 연화장」 「입춘」 등이다.

붉은 입술이
옛일처럼 가라앉네요

수국 지기 전까지
말해 줄 순 없었던가요

푸른 강물은 엄동으로 떠나는가요

훗날 약속도 잊고
편지처럼 흘러만 가는가요

삭망 달빛에 감춘

무구함만 돌보고 싶으셨나요

파꽃 피는 날
사무친 것 내려놓고

그리운 문장으로 넘실거리는
그 섬으로

꽃 지는 봄날
흰나비 날개로
훨훨
노 저어 가시나요

—「동흥 씨氏 약전에 부처」 전문

동흥 씨는 이 세상 사람이 아니다. 수국 지기 전까지는 말
해 줄 수 있는 사람이었다. 지금은 붉은 입술이 옛일처럼 가
라앉아 있는 슬픔의 시간이다. 슬픔의 눈물은 엄동의 강물로
흘러가고 있다. 훗날의 약속도 잊고 흘러가는 사람이다. 삭
망 달빛에 감춘 무구함을 돌보고 싶었느냐고 묻는다. 눈물 어
린 질문이다. 질문에 답할 사람은 꽃 지는 봄날처럼 훨훨 노
저어 갔다. 바다에 떠 있는 긴 문장 같은 섬으로 간 것이다.
사랑의 상실이라면 아프고 애린 상실이다.

바람 속으로 떨어지는 것은
말의 상처에 새겨진 은유인가

나무들 몸피 가벼워지고 숲 어깨로 스민 흐느낌 멈춘 것인가
들썩이던 속 비워 낸 뼈대는 얼마나 가벼워진 것인가

손 풀어 낸 주머니는 얼마나 위태로운 막막함인지
숲길로 들어가 남으로 기운 가지를 가만히 매만져 본다

무성으로 솟아 초록을 메우던 여름날의 풀처럼
붉고 노란 꽃들의 정처를 기억한다
잎 흔들던 붉은 단풍과 수척한 계절의 눈 젖은 자취를 생
각한다

슬픔을 떠올리지 않아도 되는 일상처럼 낙과는 그늘 너머
를 흘러간다

바람에 떨리던 숲의 노래를 들으며 살갗을 파고든 시린 날
의 간극에 든다
눈비 맞고 햇살을 담았던 내지內地의 뼈를 본다

길 끊은 눈보라 속, 벼랑으로 내몰려 몸 던진 비명의 흔적으로
피안으로 가는 주검의 눈을 본다

팔 벌려 닿은 가지 끝에서 얼굴을 지우고
뜨거웠던 몸 내려 땅으로 스며 가는 멸절 찬란한
한때의 치열함을 내려놓고 고요로 더 깊어지는
                                        ─「낙과를 보다」 부분

「낙과를 보다」는 질문으로 시작되는 시다. 질문은 '바람 속으로 떨어지는 것은 은유인가?' '나무들 가벼워지면 숲으로 스민 슬픔 멈춘 것인가?' '속 비워냈다면 뼈대는 얼마나 가벼워진 것인가?'이다. 이 질문은 이하 자신에게 던지는 질문이다. 자신의 삶에 대한 뒤돌아봄인 것이다. 손 풀어 낸 주머니의 위태로운 막막함 때문에 숲으로 들어 남으로 난 가지를 가만히 만져 보는 화자다. 여름날의 풀처럼 꽃들의 정처를 생각하고 낙과는 일상처럼 그늘 너머를 흘러가는 것이다. 숲의 노래를 들으며 시린 날의 간극으로 드는 화자는 눈비 맞고 햇살을 담았던 내지內地의 뼈를 조이는 것이다. 눈보라는 길을 끊고 벼랑에 몸 던진 비명처럼 피안으로 가는 주검을 본다. 팔 벌려 닿는 가지 끝에서 얼굴을 지우고 여름내 뜨거웠던 몸 땅으로 떨어져 썩어 가는 멸절의 찬란한 소멸을 보는 일이라니, 이는 한때의 치열함을 내려놓고 고요 속으로 더 깊어지는 일인 것이다.

울렁거린다. 난잡한 영화를 몰래 본 사춘기, 도발을 기억하는 울렁증
비린내가 가시기 전에 늑골은 해지고, 끝과 시작이 다 무너져 내리고
몸을 채웠던 물꼬를 터놓고 심장은 골처럼 차가워진다
폐허의 불문이 되어, 걸음 멈추어지고 힘은 눈으로 빠져나간다


백만 년 전 고독으로 흘러드는 몰락의 노래가 비롯됩니다

북에서 남으로 그리움이 산천을 떠돌다 내려앉은 밤도 저물면, 풀섶 이슬도 놀라 붉고 노란 창을 열어, 낯선 얼굴을 불쑥불쑥 디밀게 됩니다

뚜벅뚜벅 산길도 따라 몰려다닙니다 술렁거리는 숲의 난전亂廛은 숨 고를 수 없고, 두서없는 편지처럼 활활 펼쳐집니다

산맥으로 뻗어 가던 검은 능선도 짙푸른 어둠을 비로소 벗어납니다 담을 수 없이 쏟아지는 잎들은 부끄러운 얼굴로 붉은 발자국의 흔적을 남깁니다

흐느적이던 바람도 색깔을 바꿔 입고 너풀대며 몸살을 앓습니다 청량한 노래 같아서, 멀리 번지지 않는 곳이 없습니다 물들지 않는 얼굴 또한 없습니다

차오르는 해가 아니라 쏟아지는 노을뿐입니다
처연한 주검의 여운이 저토록 아름다울 수 없습니다
파장의 구별은 어렵지만 몸을 던지는 빛 하나도 찬연하지 않은 게 없습니다
비워지는 것이 저토록 넉넉해질 수는 없습니다
긴장을 내던지고 내달리는 숲에는 붉은빛 태우는 청춘만 남습니다
일출의 장관처럼 무한 장력으로 솟아올라서 환하고 또 환해집니다

끝내 남루해지고 뼈대만 남은 몸이 될 것이지만, 드러내고 편히 누울 수 있는 장관의 시간에 있어, 제멋대로 뒤집고 몸 펄펄 날리며 빈 가지로 흔들려도 좋을 날입니다

첫눈 오기까지 뿌리 곁에 다 내려 두고 오래 잠들 겁니다 얼굴도 없이 썩어 갈 것입니다 지나온 먼 길을 또 기다려야 할 것입니다

고요로 대지의 눈 덮이고, 잎맥 푸르른 날을 기다리는 밤을 수없이 지새울 것입니다 가슴 벅차오를 짙푸른 잎맥도 숨 가쁠 것입니다 장마에 숲 젖은 길로 쓰러질 때도 굳게 뿌리를 내리고 기다려야 할 것입니다

ー「몰락은 눈부시다」 부분

울렁거리는 것은 사춘기의 도발을 기억하는 난잡한 영화를 본 것과 같다. 시작과 끝이 다 해지고 무너져 내린다. 그러고 나면 심장은 차가워지는 것이다. 그 후 폐허가 되어 힘이 빠지는 것이다. 이것이 이하의 몰락의 노래다. 북에서 남으로 그리움이 저물면 풀섶 이슬이 놀라 창을 열고 얼굴을 서로에게 디밀게 되는 것이다. 능선도 어둠을 벗어나고 잎들은 붉게 물드는 계절이 된다. 바람도 몸살을 앓고 물들지 않는 낙엽은 보이지 않는다. 쏟아지는 것은 노을뿐이어서 죽음이 저토록 아름다울 수 없는 것이다. 비워지는 것이 더할 나위 없이 아름다운 것이다. 숲에는 붉은빛 태우는 청춘만 남은 듯한데 일출은 환해진다. 끝내 뼈대만 남은 남루한 몸이 될 것

이지만 빈 가지로 흔들려도 좋은 것이라고 이하는 노래한다. 뿌리 곁에 다 내려놓고 잠들 것이지만 얼굴은 썩어 갈 것이고 지나온 먼 길을 기다려야 할 것이다. 대지에 눈이 덮이고 푸른 잎들을 기다리는 밤을 수없이 지새우며 기다리는 푸르른 잎들은 가슴 벅차오를 기쁨이겠지만 굳게 뿌리를 내리고 기다릴 것이라고 노래한다. 그러나 얼굴도 없이 썩어 갈 시적 화자는 굳게 뿌리를 내리고 기다린다 해도 그 기다림은 소멸 위에 놓인다는 것을 알 것이다.

> 취기에 말린 혀처럼
> 해탈한 애벌레처럼
> 오욕에 물든 장자莊子처럼
> 허무와 싸우는 줄무늬 거미처럼
> 오아시스를 찾아 방황하는 단봉낙타처럼
> 북회귀선 근처에서 서성거리며, 해안에 밀려드는 칼날 파
> 도의 파편처럼
> 환영에 수몰되는 잠의 황량 속으로
>
> 악취를 뜯어 먹는 오후의 비루한 햇살에 지쳐, 옹관묘에서
> 서서히 말라 가는 고비사막의 미라가 되려는지
> 귀 기울인 밤바람 소리에도 몽유에 빠진 허공을 잡고
> 자웅동체가 되지 못해 절망한 늙은 아메바처럼
> 바람 건너가며 발길질하는 무색의 여울처럼
> 죽음 환한 길 위, 눈빛을 잃은 분실물이 되어 가리지 못한
> 의심으로 있다

불신의 시간에 잠재워진 내일을 더는 기다리지 않는다

세상을 건너기 위해 닿았던 고생대를 건너고 중생대에서
또 길을 잃는다

진화를 멈춘 무욕의 본능에 앙상한 최후의 비밀이 되고 있다

주취를 흘린 빈 술통을 짊어진 헐거운 몸을 둘러메고
몬순지대의 지하도로 숨어 두려움을 버린 자벌레가 된다
날지 못하는 시름을 안고 동면에 든 박쥐가 되었다

헐거운 유언은 잿빛 저녁, 찢긴 낙엽에서 지워지고 낯선 행
성을 운행하는 분명한 이유도 더는 알 수 없게 되었다

지명의 목록이 매일 달라져 노을이 닫히기 전까지 낯선 지
평에 갇혀 있다
경계에 이르지 못하고 중음中陰에 들어 있다
—「몽중인夢中人」부분

"취기에 말린 혀처럼/ 해탈한 애벌레처럼/ 오욕에 물든 장
자莊子처럼/ 허무와 싸우는 줄무늬 거미처럼/ 오아시스를 찾
아 방황하는 단봉낙타처럼/ 북회귀선 근처에서 서성거리며,
해안에 밀려드는 칼날 파도의 파편처럼/ 환영에 수몰되는 잠
의 황량 속으로" 빠져든 화자다.
이 작품은 "헐거운 유언은 잿빛 저녁, 찢긴 낙엽에서 지

워"져 죽음의 그림자를 짙게 드리운다. 죽음의 노래는 「무월舞月에서」도 계속된다.

1.

친구는 광란의 참혹한 적막을 내게 전송해 주었다 눈(雪)의 경계가 스러지고 붉게 덮인 잿빛 연기로 가득 채운 허공, 검붉은 새들이 펄펄 날고 있었다 맹렬한 짐승의 무리에 쫓겨 탄식도 없이 쓰러진 낮은 지붕들, 시뻘겋게 웅크리고 있었다 붉은 해무가 빨리 걷히길 망연한 하루만 기다리고 있었다 화선火扇을 따라 소용돌이치는 바람이 에워싸고 위태로운 노을이 골짜기를 타올라 대간大幹은 끓어 넘치고 있었다 해는 비극의 능선으로 매일 떠오르고 침묵의 잔해들, 검은 피를 흘리며 서 있다 깃발 펄럭이는 바람 속으로 몸 던지는 밀교의 번제에 바쳐지고 있었다 죽음의 궁지로 끝없는 주검이 차곡히 쌓여 가고 있었다

선 채로 어둠이 된 숲. 몸은 허물어지고 뼈마디에 박힌 오랜 이름을 잿빛 입술로 삼키고 있었다 죄에 싸인 이승의 혼백이 빗돌처럼 줄지어 서 있었다 대간은 지옥 속에서 검붉은 심장을 태우고 있었다

2.

옛 얼굴들 떠오른 무월에 들었다 숲은 어둠을 떠나 연록의 활엽으로 깊어 가고 있다 마른 가시를 세운 음모의 잿빛 고요로 숲은 누워 있다 붉은 피 마른 골짜기로 검은 눈물이 소나기로 들이치고 있다 밤비 속에는 능욕을 못 견딘 조등처럼 마른

144

꽃잎이 쌓여 있다 달빛 상흔만 남은 마을은 심연의 깊이로 흘
러가고 있다 검은 몸이 되어 서늘한 고샅길을 쓸어 가고 있었다
—「무월舞月에서」 부분

친구가 전송해 준 것은 참혹한 광란이었다. 하늘과 땅의 경
계인 눈(雪)이 스러지고 허공은 붉게 덮인 잿빛 연기로 가득 찼
다. 하늘에는 검은 새들이 펄펄 날고 있었다. 검은 새들은 아
마도 펄펄 날리는 눈일 것이다. 낮은 지붕들은 맹렬한 짐승에
쫓겨 탄식도 없이 쓰러진 꼴이었다. 시뻘겋게 웅크리고 있었
다. 붉은 해무가 빨리 걷히기를 기다리고 있었다. 불부채를
따라 소용돌이치는 바람이 에워싸고 있어 위태로운 노을이 골
짜기를 타올라 대간大幹은 끓어 넘치고 있었다. 비극의 해는
능선으로 매일 떠오르고 침묵의 잔해들은 검은 피를 흘리며
서 있다 궁지의 죽음 속으로 끝없는 주검이 차곡히 쌓여 가고
있었다고 노래한다.

선 채로 어둠이 된 숲이었다. 숲조차 어둠이 되는 죽음의
공간에서 몸은 허물어지고 뼈마디에 박힌 오랜 이름을 잿빛
입술로 삼키고 있다. 숲은 이승의 죄에 싸인 혼백의 빗돌처
럼 줄지어 서 있고, 대간은 지옥 속에서 검붉은 심장을 태우
고 있다고 노래한다.

이하의 시 세계는 깊고 무겁다. 그의 사유가 그렇다는 말이
기도 하다. 시편마다 철학적 배경이 흐르고 삶은 치열하다.
이하가 앞으로 펼쳐 갈 웅혼한 시 세계가 기대되는 이유다.

## 천년의시인선